LEVADOS PELO VENTO

OTAVIO OLIVA

Otavio Oliva
Copyright ® 2020 Otavio Oliva
Santos, SP - Brasil
Livro: Levados Pelo Vento
Registro: Câmara Brasileira do Livro
Arte da Capa: Otavio Oliva
Diagramação: Otavio Oliva
Revisão: Ana Maria dos Santos Costa

Oliva, Otavio – 1ª Edição – 2020
      1. Literatura 2. Contos
ISBN 978-65-00-13868-9

Sumário

Dedicatória

Dedico este livro à minha fiel companheira, aquela que entende meu coração e tudo que se passa em seu interior. Seu apoio incondicional às minhas empreitadas terrenas tem sido a ponte firme que me permite transitar, com segurança, entre realidades e devaneios, enquanto sigo minha jornada temporária por esse mundo.

Agradeço a Deus por tê-la a meu lado.

Notas do autor

Dizem que um Homem não deve morrer sem, antes, plantar uma árvore, ter filhos e escrever um livro.

Comi muitos pêssegos de um pessegueiro que plantei quando tinha seis anos de idade, no quintal da casa onde cresci. A semente que plantei, de um pêssego que ganhei de meu avô, tornara-se uma bela árvore.

Algumas décadas depois, tornei-me pai de dois lindos meninos, verdadeiras dádivas de Deus a me impulsionar rumo ao cumprimento da missão.

Faltava o livro! Há dez anos decidi começar. Foi um lento projeto, que ganhava e perdia posições no rol de prioridades, em meio às tribulações e responsabilidades que são comuns aos jovens de família simples que buscam, com suas próprias pernas, se consolidar em uma posição confortável na corrida pela vitória. Houve hiatos entre alguns dos contos aqui apresentados, porém o projeto nunca morreu.

Finalmente apresento, nesta obra, o resultado. São dez contos, sobre vários assuntos que busquei explorar durante esses anos. Neste mundo de tribulações e desafios constantes, sob as ameaças do paradigma de um "novo normal", espero que vocês possam ter seus pensamentos "levados pelo vento", para uma outra dimensão, pelo menos enquanto estiverem lendo minhas histórias. Se isso acontecer, terei atingido meu objetivo.

Paz e luz a todos deste mundo!

140

1

140. Pode significar pouco, sendo o salário de um trabalhador; pode significar muito se for o peso de um hipertenso em uma balança. Pode, ainda, significar algo normal, tratando-se da conta de um motel em uma sexta-feira à noite. Porém, para Gabriel, significava muito e pouco de uma só vez. Essa era a velocidade de seu Ford Maverick V8, em 9 de Setembro de 1979, sendo guiado de Foz do Iguaçu para Curitiba.

Significava pouco porque Gabriel teria que chegar à cidade de Curitiba em menos de 3 horas e ainda faltavam mais de 400 km. Significava muito porque o limite de velocidade da estrada era de 100km/h e ele poderia ter problemas sérios com a polícia rodoviária a qualquer momento. Não apenas pela alta velocidade, mas o jovem sabia que poderia ter complicações muito mais severas.

Chovia e fazia frio naquele rígido inverno do sul do Brasil. O vento gelado uivava por entre as grandes araucárias e algumas vezes chegava a balançar os generosos 1400 Kg da monstruosa carcaça de aço do Maverick. Raios caíam, formando veias de sangue branco no céu escuro. O velocímetro, no entanto, seguia mostrando o número 140. Havia, ainda, algum espaço até a tábua, mas esse era realmente o limite sob as condições daquela tempestade.

A viagem tinha sido, até ali, uma constante hesitação. Gabriel suava frio, pensava e repensava uma possível alternativa, uma desistência, uma última tentativa de abortar a missão, porém imediatamente projetava as consequências que viriam dessa decisão e voltava o foco ao seu objetivo. Pensava em parar, ligar para "ele" dizendo que mudara de ideia e que não iria mais seguir fazendo aquele tipo de trabalho, que iria formar um lar, ter filhos e levar uma vida normal, mas imediatamente se lembrava do que poderia acontecer à sua família e, novamente, se voltava para o controle do veículo. Poderia, pelo menos, concluir a atual viagem e, ao final, dizer a "ele" que iria deixar o trabalho e viver outra vida, contudo Gabriel sabia que "ele" era implacável.

Infelizmente não havia volta para o piloto do Maverick 79; a palavra flexibilidade não existia nos arquivos mentais "dele", aquele que esperava ansiosamente por Gabriel, em seu destino.

"Ele" era Chicão, o traficante, o chefe, o receptador da mercadoria. Um dos mais procurados pela polícia, mas ainda não encontrado. Responsável por um sem-fim de mortes, de famílias despedaçadas e mutiladas, de policiais corrompidos e desviados de seus deveres e de jovens desvirtuados dos valores morais, dependentes da substância alucinógena e traiçoeira da bala que derretia criminosamente em suas bocas durantes as noites do Rio. Era Chicão o manancial dos delírios daqueles jovens e adolescentes, ainda que não fosse, ele, a origem daquele mal.

A educação deficiente, a falta de informações sobre os reais efeitos da substância patenteada em 1914 e, principalmente, a decadência da estrutura familiar, talvez fossem as verdadeiras causas da perdição daqueles jovens. Chicão tirava proveito daquela situação, encontrando uma forma rápida de se enriquecer com o comércio da substância, não muito diferente de um empreendedor que enxerga uma oportunidade em um negócio arriscado, mas que pode vir a ser muito rentável. Não era muito diferente desse empreendedor, exceto por uma mera palavra, a ilicitude.

Gabriel era uma ferramenta de trabalho de Chicão, não mais que isso. E ele bem o sabia; por essa razão, suava frio naquele momento de indecisão misturado com arrependimento e um pouco de vergonha. O jovem garoto, agora com 25 primaveras, entrara nesse mundo aos 22 anos. Naquele tempo, as viagens eram feitas em um Fusca 1300, mais longas e bem menos confortáveis que as atuais, devido às necessidade especiais do Fusquinha, como lixar o platinado, trocar o condensador, dentre outras. Sua vida, pelo menos no que diz respeito a bens materiais, havia melhorado, e muito. O trabalho era muito bem remunerado e o dinheiro deixara de ser problema desde então. Alguns amigos, aos quais Gabriel confidenciara sobre suas viagens, o aconselhavam a sair desta, ingressar em uma universidade, obter um diploma, conseguir um bom trabalho e ter uma vida normal, mas ele sentia uma atração inexplicável pela adrenalina da atividade ilícita e de ganhos fáceis. Quase podia escutar sua mãe lhe dizendo: "Meu filho, essas coisas são perigosas, não compensam, não quero perder você tão novo!" Porém, em contrapartida, Gabriel se lembrava dos altos ganhos e do trabalho fácil. " Pra que me matar e não ser reconhecido pelo meu trabalho?". O materialismo falava mais alto.

2

140. Continuava o possante Maverick a acelerar pela rodovia, na, agora, madrugada fria e chuvosa. Em meio a todos esses devaneios, o jovem decidira que iria em frente, que depois tentaria deixar o negócio, conversaria sobre isso com Chicão, negociaria alguma coisa, mas essa viagem teria que ser concluída. Inclinou-se para aumentar o volume do rádio, que começara a tocar *Highway to hell*, bem no momento em que uma curva se aproximava, mais rápido que a barra de direção conseguiria girar as rodas do veículo. Gabriel tentou, girou o volante, as rodas começaram a virar, mas o veículo já estava na faixa da esquerda. Como último recurso pisou no freio, mas a implacável lei da inércia não o permitira parar os 1400 quilos antes que ele deixasse o asfalto liso e suave. O contato com o terreno irregular após sair do asfalto foi como estar encima de um touro em uma arena de rodeio, ao se abrir a porteira para o animal e soltarem-lhe o rabo.

Gabriel sentiu o terreno irregular reclamar a posse do controle do Maverick e levá-lo de encontro a uma grande e velha araucária a uns 20 metros do acostamento. O poderoso choque pôde ser ouvido a, no mínimo, duzentos metros do local do acidente, pelo menos pelos pássaros e almas que por ali passavam, pois não havia nenhuma vila, ou uma casa, que fosse, num raio de ao menos mil metros. A escuridão tomava conta do sangrento quadro que se pintaria de vermelho ao surgir das luzes da manhã que se aproximava.

Algum tempo depois, Gabriel se despertou; dores fortes ocupavam várias partes do seu corpo. O sol já havia nascido mais uma vez, numa de suas incontáveis ressurreições rumo ao seu triste destino de se apagar e transformar-se, talvez, em um buraco negro em uma longínqua era. Procurou o relógio; o choque o havia arrancado de seu pulso. O Maverick tinha um, mas fora destruído por completo. Pela altura do sol ainda era bastante cedo, talvez 6 da manhã ou um pouco mais. Tentou abrir a porta, mas o máximo que conseguiu foi abrir a janela do lado do passageiro, por onde, após longos instantes de esforços, conseguiu sair. Analisou seu corpo que, incrivelmente, não estava tão ferido como o visual do carro batido inspiraria qualquer pessoa a pensar. Havia um grande inchaço no antebraço esquerdo, provavelmente o havia quebrado, ou no mínimo fissurado. Além do braço, sentia muitas dores na coluna e, em um pedaço do espelho que outrora integrava o retrovisor do veículo, detectara um profundo corte na testa, onde o sangue já havia coagulado, formando uma faixa quase negra.

Estava contente por haver sobrevivido, apenas precisaria buscar por socorro e provavelmente alguém pararia o carro na pista para lhe ajudar, porém, repentinamente, lembrou-se de Chicão. O pânico tomou-lhe o comando. Agora não haveria mais tempo para entregar a mercadoria ao traficante e isso significaria grandes problemas. Decidiu que pensaria nisso depois. Por ora precisava de socorro, cuidados médicos para seu braço, sua coluna e sua testa. A estrada! Gabriel conseguia andar, com muita dificuldade, é verdade, mas conseguia. Dirigiu-se lentamente para a estrada. Olhou para frente, no sentido que o Maverick iria, caso houvesse feito a curva com sucesso e viu, ao longe, algo que parecia ser uma placa. À metade do caminho confirmou que era uma placa! Aproximou-se e leu: "DEVAGAR, ESCOLA A 1000M". Não havia nenhuma cidade por perto, mas, se instalaram uma placa como aquela, ao menos uma vila, um arraial deveria haver naquelas proximidades. Decidiu seguir, apesar das dores. No caminho escutou o barulho de um motor que se aproximava. Poderia ser sua salvação. Acenou pedindo ajuda, mas o Opala dourado seguiu sem dar-lhe atenção. "Maldição! Não viram que estou sangrando? Tomara que encontrem uma araucária maior que a minha!!", pensou Gabriel. Continuou caminhando à beira da estrada, pouco movimentada àquela hora, sob a fria manhã.

Um pouco mais à frente, avistou algumas poucas casas à margem da rodovia. Ao chegar à primeira casa bateu à porta, para pedir por socorro. Talvez finalmente conseguisse ajuda, embora as dores houvessem diminuído. Gabriel se sentia melhor agora. Ainda assim, sabia que precisava de cuidados médicos. Lembrava-se de seu amigo Henrique, que quebrara o dedo jogando futebol e não fora ao médico, por não sentir mais dores meia hora depois do acidente. Henrique recebera um dedo torto e que não se movia bem para o resto da vida, como prêmio por essa negligência. Gabriel não queria algo parecido com seu braço e sua coluna.

A porta se abriu e ele se espantou com a beleza da garotinha que apareceu do outro lado, dentro da casa.

— Pois não, moço, posso ajudá-lo?

A voz suave daquela garota a fazia ainda mais parecer-se com um anjo, como se sua feição, seus olhos azuis, o vestido branco e seus cabelos cor de ouro não bastassem. Devia ter entre 10 ou 12 anos.

— Eu preciso de ajuda. Sofri um acidente de carro perto daqui. Posso falar com seu pai, ou sua mãe?

— Meu pai já saiu pra trabalhar, ele trabalha na fazenda do Sr. Alfredo e começa muito cedo. Mas a minha mãe já está chegando, ela foi comprar pão.

— Você poderia ligar para o hospital e pedir socorro, por favor?

— Me desculpe senhor, mas não temos telefone. Além disso, o hospital mais próximo fica longe daqui. Mas entre, o senhor parece mal, sente-se no sofá e vou lhe trazer um copo d'água e um pano para se limpar, até que minha mãe volte.

Gabriel agradeceu e enquanto esperava, percebeu que se sentia ainda melhor. Aquela casa lhe fazia bem, aquela menina lhe trazia calma interior. Antes que ela chegasse com a água, porém, a porta da sala se abriu novamente. Era um anjo maior, trazendo na mão um saco com a inscrição "Panificadora Aurora". Provavelmente, a mãe da menina.

— Minha senhora, me desculpe ter entrado em sua casa, mas acabo de sofrer um acidente e preciso de sua ajuda – Disse Gabriel.

— Giovana! A mamãe chegou, trouxe pães do jeito que você gosta, bem moreninhos! – Disse a mulher, passando pela sala, sem ao menos olhar para Gabriel, como se ele simplesmente não estivesse ali. Gabriel pensou como podia a menina tão educada e prestativa ter sido criada por tal mãe! Talvez o pai fosse totalmente diferente.

— Giovana, onde você está, meu anjo?

Gabriel levantou-se e foi atrás da mulher:

— Minha senhora, me desculpe, mas eu estou ferido e preciso de ajuda, por favor, será que poderia conseguir alguém que me levasse ao hospital mais próximo?

Novamente não houve resposta, porém o que aconteceria a seguir, acabaria por explicar tudo a Gabriel. Chegaram em uma varanda, no fundo da casa, onde a menina estava de joelhos, as mãos postas, olhando para o céu e chorando copiosamente.

O saco de pães foi ao chão e a mulher correu para abraçar a filha.

— Filha, o que houve? Por que está chorando?

— Aconteceu de novo mamãe, estou vendo GENTE MORTA!!

— Onde? Perguntou a mãe. A garota continuava em prantos.

— Aqui, do nosso lado. É um moço que veio pedir socorro, disse que sofreu um acidente, eu pedi para ele se sentar e ia pegar-lhe um copo d'água, mas quando ele se sentou no sofá eu percebi que ele estava morto, pois o sofá não se afundou, nem fez barulho quando ele se sentou! Reze comigo mamãe, para os anjos virem buscá-lo!

Gabriel nunca havia sentido o coração bater tão rápido! O que aquela garota estava dizendo? Havia ficado louca? Sofria de algum distúrbio mental? Mas porque sua mãe não o havia visto? E os carros na estrada, por que não pararam para socorrê-lo? E a dor, por que não sentia mais nada, apesar do acidente tão violento?

Como que em resposta às suas questões, um clarão se abriu no teto da varanda. Por ele desceram duas entidades, envoltas em uma luz amarelada. Uma delas se dirigiu a Gabriel:

— Vamos, irmão. É hora de mudar. Tudo na vida é composto de ciclos; um novo ciclo se inicia para você. É hora de recomeçar!

As entidades apoiaram Gabriel pelo ombro e começaram a subir, enquanto Giovana, em soluços, lhe dizia "Adeus, moço, vá em paz".

— Filha, pare com isso. Não tem ninguém aqui, a mamãe já lhe disse para parar com essas bobagens. Você me assusta, sabia? Quando seu pai voltar, vamos levar você ao Dr. Soares outra vez. Desta vez ele vai ter que te dar jeito. Aquela cena começou, então, a ficar cada vez mais etérea aos olhos de Gabriel, até começar a desaparecer...

3

O despertador tocou como uma marreta, desfazendo todas aquelas imagens. Era um som violento e parecia dizer "Acabou!", "Acabou!". Gabriel despertou de um salto, caindo sentado em sua cama, sufocado, a respiração acelerada, tentando repor oxigênio ao cérebro. Fora, talvez, o pior pesadelo que já tivera!

Desligou o despertador e olhou ao lado, a esposa ainda dormia, agora se remexendo na cama. A barriguinha de 4 meses já despontava, anunciando o primeiro fruto de seu matrimônio. Seria uma menina, segundo o exame de ultrassom. Ainda não tinham escolhido o nome, mas Gabriel, agora, já tinha um nome na cabeça: Giovana! Lembrou-se do sonho e percebeu que a menina lembrava, de leve, os traços de Fabiana, sua esposa. O que poderia significar aquilo? Não importava, era apenas um sonho. Levantou-se, tomou café, beijou a esposa, que ainda dormia, e saiu pela porta da sala. Olhou na garagem, o Maverick estava lá, Intacto! Lembrou-se uma última vez do sonho, desta vez, das palavras da entidade: "Um novo ciclo se inicia para você. É hora de recomeçar". Gabriel agarrou sua pasta de advogado, deu partida e saiu pela avenida, com direção ao trabalho, mas não a 140km/h...

Sub

1

Desta vez a garota do tempo acertara a previsão. O céu aberto, praticamente sem nuvens e o termômetro indicando 35°C asseguravam o Domingo de Charles, Jackson e Rubens. Os três jovens, amigos desde os tempos de infância, comemoravam o bom tempo a bordo da "Branca de neve", sua recém-comprada lancha, no caminho às coordenadas marcadas para o mergulho, no litoral de Angra dos Reis. O check list havia sido feito dez minutos antes, no cais. Estava tudo conforme planejado. Neoprenes, cilindros de oxigênio, Snorkels e, principalmente, os arpões. A perícia e os bons equipamentos, aliados ao excelente condicionamento físico, garantiam ao trio uma quase que invencibilidade sob as águas de Angra. Seria um passeio usual de três profissionais daquele esporte.

Era época do defeso, o período em que muitas capturas eram proibidas. Além disso, arpoar utilizando cilindros e iluminação artificial era proibido. Mesmo assim, caso se contentassem com um pequeno mergulho e algumas arpoadas, provavelmente sairiam sem ter problemas com as autoridades, pois era muito mar e pouca fiscalização. No entanto, havia entre eles um sentimento quase obsessivo por emoções ainda mais fortes que simplesmente arpoar pequenos peixes. Charles costumava dizer: "O que vale é a emoção, ninguém vai ficar pra semente mesmo!!". E, apesar de ainda nem terem chegado aos trinta anos, os outros dois o apoiavam.

Um pouco à frente, Charles, que conduzia a lancha, olhou para o GPS, posicionou a embarcação de acordo com as coordenadas previamente programadas e a parou dizendo:

— Chegamos. Esse é o ponto. Segundo o sonar, tem bicho aqui embaixo, e dos grandes!!

— Vamos furar os maiores que encontrarmos! Tem que ser do meu tamanho pra mais! Gritou Rubens.

Os jovens vestiram os trajes de mergulho, equiparam-se com seus cilindros e seus arpões. Saltaram da lancha, rumo ao fundo. O visual era incrível! A pouco mais de cinco metros de profundidade já puderam observar lindos exemplares de tartarugas, raias e outros peixes, nadando lentamente, completamente alheios aos intrusos que ali chegavam. Nadavam como se estivessem dançando uma valsa inaudível aos ouvidos dos mergulhadores. Aquele momento seria o clímax para a maioria dos mergulhadores que apreciasse a natureza e suas magníficas formas de manifestação, mas era pouco para os três amigos. Eles queriam uma dose suplementar de adrenalina. Continuaram descendo e, a aproximadamente trinta metros de profundidade, onde as águas já eram bastante escuras, avistaram, a pouco mais de vinte metros deles, algo que lembrava um pequeno navio. Os restos de um, pelo menos. Havia naufragado há aproximadamente cento e cinquenta anos, era o que sabiam a respeito daquele punhado de madeira e metal.

Aproximaram-se da embarcação. Não era nada que lembrasse o Titanic ou um grande cargueiro. Tinha pouco mais de quarenta metros, da proa à popa. O casco e o piso do convés tinham vários buracos, que permitiam acesso direto ao seu interior. Pelo lado que chegaram não avistaram nada mais que pequenos peixes que se movimentavam em cardumes, em uma sintonia quase perfeita. Entravam e saíam pelos buracos no casco. Por um momento pensaram em voltar e seguir para o segundo ponto planejado: um banco de corais, que era o plano B para aquele dia. De repente, porém, ao contornarem o casco do navio, depararam-se com algo que lhes fez subitamente mudar de ideia. A criatura que encontraram era algo surpreendente. Estava entre a curva do casco, no início da formação do arco da proa, e a areia do fundo do mar. Era um mero, um belíssimo exemplar, de não menos que 100 quilos, alheio aos mergulhadores como um vegetariano a um pedaço de picanha na pedra. A criatura transmitia uma mistura de calma e inocência muito dificilmente encontrada nos habitantes da terra firme. Os três amigos aproximaram-se do mero. Charles preparou seu arpão e fez o sinal característico dos mergulhadores, o dedo indicador encontrando-se com o polegar e formando um círculo, os outros três dedos levantados e abertos, ao que Jackson e Rubens responderam prontamente, imitando o sinal. Estava tudo pronto, só faltava arpoar e levar o troféu proibido para o barco, lá encima. Charles aproximou-se ainda mais e mirou o arpão na cabeça do mero. Seria um disparo à queima-roupa, se o mero vestisse alguma. No instante imediatamente antes de pressionar o gatilho, o pobre mero continuava a olhá-los como verdadeiros amigos, totalmente inocente, e sem nenhum medo nem previsão de que algo fatal lhe estivesse para ocorrer. Charles pressionou o gatilho. O arpão penetrou o crânio do mero, que finalmente se mexeu. Freneticamente ele se debatia e tentava fugir, mas alguns instantes depois, já tinha mais dois arpões em seu grande corpo. Jackson o acertara no meio e Rubens, próximo à cauda. Iniciava-se a batalha. Uma batalha onde os vencedores já estavam determinados. Ninguém, que ali estivesse como espectador, apostaria uma ficha, sequer, no mero. Era uma questão de tempo até o levarem, já morto e exaurido de suas forças, à Branca de neve. O troféu proibido estava a poucos instantes de ser conquistado.

2

A alguns metros dali, um grupo de outras criaturas detectavam os sinais do espetáculo sangrento que se passava. Eram tubarões-tigre, um grupo de 5 deles, que caçavam por aquela área. O menor tinha 4 metros e pesava em torno de 600 quilos, enquanto o maior media 5 metros e beirava a barreira de uma tonelada. Eram belos exemplares da espécie. O sangue do mero e o movimento das águas os convidavam a conferir o que estava sendo servido para o almoço. Jackson foi o primeiro a detectá-los, quando os tubarões começavam a circular e espreitar os mergulhadores e o mero. Fez sinal aos dois companheiros e, imediatamente, os três sentiram que a situação era, no mínimo, perigosa. Sabiam que os tubarões atacariam o mero, que sangrava, e que havia a possibilidade de atacá-los também, devido à agitação que se provocava ali. Dois tubarões iniciaram o ataque ao mero, aproximando-se muito de Charles, que o arrastava pela cabeça. Ele sentiu-se ameaçado e começou a preparar seu arpão. Jackson e Rubens já começavam a subir, em direção ao barco, quando viram um dos tubarões aproximar-se de Charles. Rubens, em uma atitude de desespero, disparou um arpão contra o tubarão, tentando evitar que a fera atacasse seu amigo, mas sua mira não fora tão perfeita como quando acertou o mero a uma distância de pouco mais de um metro. Estava a uns quinze metros do alvo e o errou. Mas não errou a coxa direita de Charles. O arpão a atravessara, rasgando-lhe a artéria femoral e provocando um jato de tinta vermelha a colorir a água ao seu redor. Aquilo era tudo que faltava para a ruína do passeio dos três amigos mergulhadores. Rubens, como que numa ação heróica e redentora, direcionou-se para baixo, para tentar salvar Charles dos tubarões. Conseguiu agarrar-lhe uma das mãos e viu quando o amigo lhe direcionou o olhar, como que dizendo "Não adianta, não vamos conseguir!". Mesmo assim, começou a rebocar Charles, que mal conseguia bater a outra perna, devido à dor e ao desespero. Iniciaram a subida, os tubarões em círculos ao redor deles. Dois deles continuavam a destroçar os restos do mero, mas os outros três continuavam a nadar em círculos, preparando-se para o ataque. Um dos três, o maior deles, iniciou o ataque a Charles, enquanto Rubens o puxava para cima. Mordeu-lhe as duas pernas e, com uma cabeçada para baixo, arrancou-o das mãos de Rubens, que compreendeu que a vida do amigo estava perdida a partir dali. Era uma questão de tempo, assim como aconteceu com o mero. Rubens reiniciou sua subida, seguindo Jackson, que ia um pouco à sua frente, no momento exato em que outro tubarão o arrancava parte do músculo do antebraço direito, em um vigoroso ataque, que lhe derrubara o arpão. Rubens sentiu seu fim se aproximar, assim como o de Charles, mas um arpão milagroso o salvara. Jackson conseguira acertar o tubarão que o atacava, fazendo que a fera se afastasse, pelo menos por um tempo. Era a última chance de Rubens, que reiniciou, com todas suas últimas forças, a subida rumo ao barco, enquanto os tubarões se banqueteavam com o mero e o corpo de Charles.

Conseguiram, finalmente, chegar à branca de neve, saltando a bordo da embarcação como um canário buscando abrigo entre os galhos apertados de uma árvore ao fugir de um gavião. O cenário ali era diferente: o dia continuava lindo, o céu azul e as gaivotas a voar. Abaixo, porém, seu amigo estava morto. O braço de Rubens ainda sangrava muito. Jackson foi o primeiro a quebrar o silêncio:

— Meu Deus, perdemos o Charles!

— Sim, mas se você não me ajudar a estancar a hemorragia, vai acabar voltando sozinho pra casa.

Jackson agarrou a caixa de primeiros socorros do barco e providenciou o que podia: limpeza com água oxigenada e uma bandagem.

— Obrigado, Jackson. — Agradeceu Rubens. — E obrigado também por salvar minha vida. Se você não tivesse arpoado o maldito tubarão eu não estaria aqui. Vamos voltar pra casa. Não sei o que vamos fazer pra explicar a morte do Charles, vão descobrir que estávamos caçando, mas temos que voltar. Pelo menos estamos vivos!

Ligaram o motor e iniciaram o silencioso caminho de volta para casa. Não trocaram mais nenhuma palavra. Apenas pensavam no barco, no mero, nos tubarões, em Charles e no arrependimento por caçar em período proibido. Seguiram os três a bordo da Branca de neve: Jackson, Rubens e o sentimento de culpa pela morte do amigo.

A assombração

1

Há muito tempo atrás, em algum lugar do interior de Minas Gerais, havia uma grande fazenda, algo parecido com uma vila. O dono, Senhor Guilherme Lopes e sua esposa, Dona Marta, criavam ali seus catorze filhos. Não que isso significasse dezesseis pessoas morando na mesma fazenda, pois ainda havia os oito empregados que ali trabalhavam, como peões e agricultores, e mais três andarilhos que por ali haviam ficado, graças ao bom coração do Senhor Guilherme. Ele sempre dizia: "Aqui não vai faltar comida e um lugarzinho pra vocês dormirem, apenas não criem problemas e sejam boas pessoas". Além de todos esses, sempre havia algum visitante, um comerciante de gado ou um parente de outra região.

Era o início do século XIX da era cristã. A família Lopes vivia feliz naquelas paragens, sempre com muita fartura, muita festa e muitos causos pra contar. E como havia causos! Era rara a noite em que não se sentavam à grande mesa da varanda do casarão de piso de assoalho, após o jantar, para jogar truco e contar causos. As cartas do baralho eram escuras, devido à ação do tempo e da fumaça da querosene das lamparinas. Após essas reuniões, cada um lavava os pés na bacia com água quente que Dona Marta esquentava no fogão de lenha e iam pra cama. Claro que não havia uma cama para cada um, muito menos quarto. Em média, dormiam três ou quatro em cada quarto, entre camas e colchões de palha esparramados pelo chão. A única coisa que cada um tinha para si era o pinico, o tão importante pinico! O companheiro das necessidades noturnas, numa época em que não havia eletricidade no corredor, muito menos um banheiro com luz e um botão chamado descarga.

Assim vivia a família Lopes. E crescia! Ainda mais! As meninas mais velhas já começavam a namorar; os namorados vinham de fazendas vizinhas, a cavalo, e participavam dos jantares, festas e causos com o pessoal dali. Vander, um dos irmãos mais novos e arteiros, adorava soltar os cavalos dos namorados e espantá-los para o meio da mata. Não raro, o dono tinha que se aventurar pelas matas, à noite, para procurar seu cavalo. Como muitas vezes não o encontrava, tinha que passar a noite com os Lopes. O senhor Guilherme punia Vander severamente por essas travessuras, mas não adiantava e ele fazia tudo outra vez na próxima chance que aparecia. Vander devia ser o que hoje chamam de hiperativo. Talvez, se fosse hoje, seria mais um dos consumidores de Ritalina.

Certa feita, estavam terminando uma partida de truco quando Celso, namorado de Francisca, uma das filhas dos Lopes, disse:

— Hoje quando eu estava vindo com o cavalo, escutei uns barulhos estranhos perto da capelinha velha. Parecia um neném gritando, ou chorando, sei lá. O Ventania empacou e não queria mais avançar. Foi duro fazê-lo continuar pela estrada e passar ao lado da tal capelinha.

— Creio em Deus pai, Celso, pare com essas coisas — disse Dona Marta. Ali na capelinha não tem mais ninguém. Já faz muitos anos que foi construída a nova capela. Nem telhado deve ter mais.

— Ali, de vez em quando, surge mesmo o boato de algum cavaleiro sobre essas coisas, reforçou senhor Guilherme. Isso não é coisa boa não. É assombração mesmo. Faz muitos anos que eu escuto isso, desse neném que chora dentro da capelinha. Às vezes começam os boatos, depois passa um bom tempo sem ninguém dizer mais nada. Tem sido assim desde que construíram a nova capela e abandonaram a capelinha.

— Vamos parar com isso e continuar jogando? Tenho medo dessas coisas, disse Francisca. Eu acredito é em Deus, do resto eu quero é distância.

João, irmão de Francisca, que escutava a conversa, perguntou:

— Mas ninguém nunca entrou na capelinha pra ver o que é?

— Você está louco, meu filho? — Disse senhor Guilherme — Não se deve procurar chegar perto. O melhor é ficar longe dessas coisas.

— Mas pai, assim ninguém nunca vai saber o que é isso. Talvez seja alguma alma penada, que precise de oração. Lembra que o Padre Luiz Carlos comentou sobre isso, uma vez? Às vezes a pessoa morre, mas a alma não vai embora e fica por aqui, perdida, sofrendo. O que a gente tem que fazer é tentar ajudar, ao invés de correr.

— É? — respondeu Francisca — Então por que você mesmo não vai lá ver o que essa assombração precisa? Ajude-a! Você fala muito, mas duvido que tenha coragem de ir até lá.

— Meninos, chega de discutir, vamos terminar esse jogo e ir para a cama. Amanhã tenho que acordar cedo pra cuidar da ordenha. — A voz do Senhor Guilherme soou seca e um pouco mais alta que o normal, o que significava, eles bem o sabiam, que era o fim do assunto. Terminaram a partida, enquanto comiam torresmo e conversavam mais um pouco até a hora de dormir, mas nenhum deles se esqueceu completamente da capelinha e da história do neném que chorava lá dentro, principalmente Marcos, o forte e corajoso filho dos Lopes que, aos seus dezessete anos, esbanjava curiosidade pelas coisas de gente grande. E aquela história parecia, a Marcos, coisa de gente grande. Passou a noite pensando na história da assombração e decidiu que iria até a capela na noite seguinte.

2

O dia se preparava para nascer mais uma vez. Os galos cantaram e, antes mesmo do céu se fazer claro, quase todos já estavam de pé, cuidando dos afazeres. Foi mais um dia normal na vida dos Lopes, naquelas lindas paisagens por entre as montanhas de Minas Gerais. Trabalharam, cada um em sua função. Uns cuidavam do gado, outros, das lavouras. As mulheres preparavam a comida, faziam, da mandioca, o polvilho e as meninas mais velhas cuidavam das crianças, formando um quase perfeito organograma produtivo.

Ao entardecer, Marcos preparou um dos cavalos e pôs-se a executar seu plano. Havia pensado em chamar alguém mais para lhe acompanhar, mas decidira que iria sozinho, pois o alvoroço podia chamar a atenção do pai que, seguramente, reprimiria a empreitada rumo à capelinha. No arreio do cavalo amarrou um facão, uma foice e uma vara de ferrão. Na cintura colocou a bainha com um afiado e comprido punhal. "Deve ser suficiente", pensou Marcos. "Não acredito nessas coisas. Deve ser algum andarilho pregando uma peça nos viajantes que passam por ali. Não tenho medo".

Ao escurecer, ele montou e saiu pelos fundos da fazenda, sem ninguém notar sua falta. Afinal, eram catorze filhos e levariam um tempo até notar sua ausência. A capelinha ficava a aproximadamente cinco quilômetros dali. Galopou por vinte minutos e avistou a capelinha, solitária, no alto de um monte, a cruz no teto a projetar sua fina sombra sobre as poucas telhas que ainda restavam no telhado, iluminadas pela lua cheia. O cavalo, o velho e bom Roxinho, freou e relinchou ao se aproximar mais da capelinha. Marcos, então, escutou algo. Parecia, realmente, o som de um bebê, mas apenas parecia. Ele, talvez por não se deixar levar pelo medo, notava algo diferente naquele som. Esporeou Roxinho, mas o cavalo estava decidido a não avançar, após escutar aquele som amedrontador. Marcos resolveu descer e continuar a pé. Amarrou Roxinho em um arbusto próximo e seguiu, segurando o facão e o punhal. Suas mãos começaram a tremer e seu rosto suava frio, mas ele não voltaria atrás. Queria saber o fim da estória. Talvez João estivesse certo e fosse uma alma penada, mas Marcos acreditava que fosse algo diferente.

Aproximou-se da porta, segurou firme as lâminas e, após uma profunda inspiração, chutou a porta com o pé direito. Ela se abriu, quase indo ao chão, pela força do golpe. Marcos não esperava encontrar uma alma penada, uma assombração, mas aquilo que ele viu era a última coisa que ele esperava encontrar. O que estava diante dele era uma coruja! A maior coruja que já vira, no entanto. Media mais de meio metro de altura e tinha enormes orelhas. Cuidava de três filhotes, recém-chocados, em seu ninho. O som, que assustava os que ali passavam, à noite, era nada mais que seu pio, um grito de mãe ao perceber o som dos que ali passavam e interpretá-los como uma ameaça à sua prole. O resto ficava por conta da imaginação humana. Estava desvendado o mistério da capelinha. Marcos deixaria a pobre ave, em seu ninho, a cuidar de suas tarefas maternais e voltaria para casa, feliz por saber que seria tido como um herói, ao chegar e contar a novidade a todos. Montou no velho Roxinho, deu-lhe um tapa no lado direito do pescoço e disse-lhe: "Vamos pra casa, amigão! Vamos pro nosso ninho!"

Operária padrão

1

Beth era uma operária como qualquer outra. Trabalhava de segunda a segunda, 24 horas por dia, sem férias, nem mesmo folga e, mesmo assim, não desistia nunca. Já havia 46 anos que Beth trabalhava para o Sr. Osório e nunca havia recebido salário. E Beth não desistia. Assim como todos seus colegas de trabalho, dava seu melhor para manter o corpo funcionando nas melhores condições possíveis. A função de Beth, como a de toda bexiga, era armazenar a urina do Sr. Osório, previamente filtrada pelos velhos amigos Rick e Ringo, dois exemplares rins, descartando-a, posteriormente, na privada mais próxima.

Era ainda uma bexiga muito forte, apesar dos seus 46 anos, porém, nos últimos meses, andava meio preocupada. O problema era que o patrão, o Sr. Osório, fumava cada vez mais e a urina chegava a cada dia em piores condições para ser armazenada por Beth. O cheiro ruim e a quantidade de tóxicos incomodavam cada vez mais. Beth costumava escutar a esposa do Sr. Osório, Dona Marlene, a aconselhar-lhe:

— Meu bem, pare de fumar! Nosso Vitinho já está com cinco anos e vive tossindo quando você está em casa. Além disso, você pode arrumar uma complicação no futuro.

— Pô, Marlene, já vem você de novo com esse sermão de médico! Isso é baboseira! Faz mais de 20 anos que eu fumo. Se fosse pra morrer disso, já teria morrido há muito tempo!

Era sempre assim, Beth escutava Marlene, o médico, o vizinho, os pais de Osório, bem como todos os verdadeiros amigos aconselhando-lhe a parar, mas a resposta era sempre a mesma. Assim passavam-se os dias, de prazeres materiais para Osório e de árduos trabalhos para Beth e seus companheiros órgãos daquele corpo intoxicado.

Num belo dia, Beth amanheceu muito indisposta. Na verdade era mais que isso. Simplesmente não sentia a mesma força para executar o trabalho. Não era a primeira vez que se sentia assim. Da primeira vez, Dr. Silas conseguira resolver o problema com antiinflamatórios. Notou que suas paredes estavam levemente feridas e isso causava uma mudança na cor da urina, do quase límpido amarelo claro que chegava dos rins a um tom avermelhado, após ficar armazenada por ela. Precisava voltar ao doutor. Decidiu enviar um recado ao Sr. Osório: começou a enviar-lhe estímulos mictórios a cada 20 ou 30 minutos, o que chamou rapidamente a atenção do patrão.

— Marlene, lembra-se daquele médico que me atendeu há uns dois anos, quando eu tive aquela infecção na bexiga?

— Sim, me lembro. Foi o Dr. Silas, por que?

— Hoje estou urinando muito frequentemente e notei que a urina está saindo um pouco avermelhada. Tente marcar uma consulta pra mim.

— Ok, vou ligar. Não vai ser nada, se Deus quiser.

2

No dia seguinte, Osório saía do consultório levando, nas mãos, a receita do médico. Segundo ele, era uma simples infecção e o antiinflamatório resolveria. Osório lembrava-se das palavras do médico. "Cuidado também com a higiene ao urinar, lave as mãos antes e depois!". "Ele pensa que eu sou porco? Mas talvez ele tenha razão, vou cuidar melhor da higiene, deve ser só isso mesmo!".

Beth estava contente com a visita ao médico; sentia-se mais segura, mas, no fundo, ainda tinha um mau pressentimento sobre tudo aquilo. Ao chegar em casa, Osório tomou a primeira cápsula e meia hora após, Beth começou a sentir-se melhor. Foi assim durante a semana que se seguiu, mas, na outra, começaram novamente as dores e a vermelhidão de suas paredes. Foi então que Beth realmente se preocupou, pois havia se lembrado de muitas coisas sobre um tal de câncer, que sempre era mencionado nos jornais. Essa doença acometia vários órgãos do corpo humano. A bexiga era um dos seus prediletos, especialmente a bexiga de quem fumava. E o Sr. Osório fumava, e muito! O terror tomou conta de Beth, que, imediatamente, tornou a lembrar-se do Dr. Silas. Teria que visitá-lo novamente. Porém, era noite e, nesse exato momento, o patrão estava dormindo. Beth planejou, na manhã seguinte, enviar novamente sinais mictórios e urina avermelhada ao Sr. Osório, para que ele retornasse rapidamente ao médico.

Osório acordou às sete da manhã, com enorme vontade de urinar. Urinou alguma coisa entre sangue e urina, o que, combinado com a dor ao urinar, causou-lhe grande pavor. Chamou Marlene e a esposa levou-lhe imediatamente ao Dr. Silas. Ao examiná-lo, o bom médico disse:

— Sr. Osório, geralmente as infecções desaparecem com o medicamento que eu receitei ao senhor. Lamento ser franco, mas isso não é um bom sinal. Vou solicitar ao senhor que faça uma cistoscopia. Esse exame detectará um possível tumor na bexiga ou uretra.

Marlene, já quase em prantos com a desagradável notícia, perguntou:

— Dr. Silas, quero saber a verdade: o senhor acha que é um câncer? Diga-me a verdade, por favor!

O médico respondeu:

— Só poderei afirmar qualquer coisa após o exame, Dona Marlene. Por favor, tenha calma, pode não ser nada grave, mas precisamos fazer o exame. Vamos fazer ainda hoje, tudo bem Sr. Osório?

— Por mim, tudo bem, doutor. Quanto antes, melhor.

Beth, ao escutar a conversa dos três, já começou a se preparar para o pior. Todos os sintomas levavam a crer que, desta vez, não seria apenas uma simples infecção. Além disso, em meio às feridas em suas paredes, percebia agora uma forma parecida com um círculo, algo que lembrava uma bolinha de gude, de cor um pouco mais escura que o sangue. Não conseguia tirar os olhos daquela forma escura, que a amedrontava mais ainda. Beth tentou acalmar-se, afinal, o exame ainda não havia sido feito e tudo aquilo podia não passar de uma infecção mais severa.

3

O resultado da cistocospia foi a pior notícia da vida de Sr. Osório: estava confirmada a presença de um tumor maligno em Beth. Dr. Silas o encaminhou aos especialistas do hospital do câncer, os quais, após as devidas análises, decidiram tentar inicialmente a quimioterapia e, caso essa não eliminasse as células cancerígenas, partir para uma cirurgia, para tentar remover o tumor, o que poderia culminar na remoção total da bexiga.

Beth, nesse momento, entendeu que seu fim poderia realmente estar chegando. Pensava na possibilidade de ter que deixar o corpo do Sr. Osório, enquanto seus companheiros continuariam a jornada. Poderia ser, ao invés disso, que o corpo, por completo, sucumbisse. Poderia ainda ser mutilada, mas continuar ali, junto de seus amigos. Era melhor não pensar tanto, acalmar-se e ter fé. Assim como o Sr. Osório e Dona Marlene, Beth tinha muita fé. Talvez a quimioterapia resolvesse e essa seria a alternativa menos sofrível para Beth, Osório e sua família.

Os dias passaram e, com eles, as primeiras sessões de quimioterapia. Beth, pouco a pouco, percebeu uma diminuição do tamanho da bolinha de gude. Estaria a quimioterapia aniquilando o malvado câncer? Parecia que sim. Só restava esperar e continuar com muita fé.

Após mais algumas sessões, Beth voltara a sorrir, pois já não havia sinal da bolinha de gude. Osório, agora sem um fio de cabelo na cabeça, retornou ao médico no hospital de câncer e Beth parabenizou-se ao ouvir o médico dizer:

— Felizmente, Sr. Osório, conseguimos detectar o tumor em fase inicial. Agradeça à sua bexiga, que lhe enviou os sinais da doença a tempo de iniciarmos o tratamento. Se isso não tivesse sido detectado tão cedo, o final da história poderia ter sido diferente. Pelo nosso último exame, o tumor foi completamente eliminado. Agora é com o senhor, cuidar da higiene, alimentação e, principalmente, não fumar mais. Nunca mais, Sr. Osório.

— Dr., nem me fale mais do tal do cigarro! Eu nunca mais coloco isso na minha boca. Eu gostava de fumar, mas gosto mais de mim e da minha família. Ainda tenho muita lenha para queimar!

Beth sentia-se merecedora de todos os elogios do médico quanto à detecção precoce do tumor. Cumprira seu papel. Seus colegas órgãos a felicitavam pelo feito. E o melhor era que, depois de mais de 20 anos, não teria mais que aguentar o cheiro das toxinas da fumaça do cigarro. Estava livre do câncer e, de quebra, da fumaça do cigarro também. Dali para frente, somente a fumaça dos veículos pelas ruas, a dos incensos de dona Marlene e a da churrasqueira, nos fins de semana, nas festas com a família. Mas aquelas não trariam de volta o maligno câncer.

Beth, após este episódio, viveu ainda mais 33 anos com muita saúde e alegria, embora continuasse a trabalhar 24 horas por dia, sem férias, nem folga, nem salário.

Burn out!

1

O rapaz tirou de seu bolso o Zippo falsificado, acendeu o cigarro, encarou a professora e disse:

— Algum problema? O que você tá olhando? Nunca viu ninguém fumar na sala de aula? Aqui o pedaço é nosso, se liga que quem manda aqui "é nóis". Você tá chegando agora, já vai se acostumando, porque aqui não é escolinha particular não.

O rosto encardido, com uma profunda cicatriz na testa, um pouco acima do olho direito, provavelmente obtida em alguma briga de rua, continuava encarando a Sra. Janina, como que perguntando: "E aí, entendeu?".

Janina acabara de chegar àquela escola após ser transferida de outra, localizada em parte oposta da cidade e que, de similar àquela, não tinha muito mais que a denominação de escola, dada pelo governo do estado. Improvisadamente, invocando sua experiência de vários anos atuando no ensino público, a professora respondeu:

— Eu não pretendia te dizer que você não pode fumar, embora realmente não possa. Apenas quero dizer-te que tenho problema respiratório grave e, se você continuar fumando, eu vou ficar muito mal e passarei alguns dias sem poder vir trabalhar. Da última vez que tive uma crise respiratória fui parar no hospital por três dias.

Aquilo não era verdade, porém nem toda mentira é condenável. Dudu, o rapaz, virou-se para a classe, apagou o cigarro e disse para todos:

— Aí, galera. A professora aí é sangue bom. Vamos respeitar. Ninguém fuma na aula dela.

E, voltando-se para a professora, continuou:

— Não queremos atrapalhar sua vida não professora, desde que você não atrapalhe a nossa. Vamos quebrar seu galho.

Janina não sabia porque havia dito aquilo e muito menos porque o rapaz resolvera colaborar. O que importava, no entanto, era que mais um dia estava chegando ao fim. Aquela era a penúltima aula e, em breve, estaria em seu carro, voltando para casa, onde se recomporia para o dia seguinte.

O marido de Janina, Décio, ao chegar do trabalho e vê-la, perguntou:

— Que cara é essa, querida?

— Nada não, só estou cansada.

— Até parece que não te conheço, não é, dona Janina!? Diga logo, assim você joga isso pra fora e dorme bem. Eu também não tive o melhor dia de minha vida hoje. Então, vai dizer o que aconteceu? Posso ajudar, de alguma forma?

— Não, foi apenas mais um daqueles alunos. Essa escola nova é uma loucura, só tem marginais. Um rapaz estava fumando na minha aula hoje, um sujeito com cara de muito perigoso, nem pude bater direto com ele, tive que inventar uma história para tentar convencê-lo a não fumar. Meu Deus, isso é o fim! Este mundo está perdido. E ninguém faz nada! Os outros professores já se acostumaram com isso e aceitam tudo, o diretor é um frouxo que não consegue impor respeito a ninguém. E talvez ele tenha razão, pois ali a maioria é bandido, Décio. Se ele tentar ser muito rígido, não duvido que o matem em qualquer canto por aí, em uma emboscada. Meu bem, eu tenho medo daquela escola, sabia?

— Calma! Tudo vai se resolver. Amanhã será um dia melhor, você vai ver. Em qualquer lugar tem sempre alguns que tumultuam o ambiente. É só isso...

Mas Décio sabia que não era tão simples assim. No fundo, sentia muita pena de sua esposa. Fazia-se novamente a, já antiga, pergunta: "Quando os professores voltarão a ser valorizados e respeitados, como eram antigamente?" Mas trabalhar era preciso. Eram recém-casados e estavam ainda começando a longa estrada que os membros da classe média brasileira devem percorrer para constituir uma família. Jantaram e foram para a cama. Mas Janina daria suas aulas, no dia seguinte, sem ter dormido um minuto sequer naquela noite.

2

O despertador tocou às 06h30min. Após a soneca de mais dez minutos que, para Janina e Décio, pareceram apenas dois ou três, os dois se levantaram, tomaram o café da manhã e saíram de casa para mais um dia de batalha. Ao voltarem, a cena parecia-se muito com a do dia anterior. Os dois comendo e comentando sobre o duro dia de trabalho que tiveram. A única diferença era a natureza dos absurdos reportados por Janina, porém sempre relacionados aos jovens rebeldes e à falta de limites impostos a eles. Os dias se passaram e o desgaste se acumulava em Janina, tal qual a ferrugem em uma engrenagem sem lubrificação adequada. Décio tentava acalmá-la, encorajá-la, dar-lhe forças para continuar sua luta, afinal já planejavam ter o primeiro filho, mas precisariam superar aquela fase, pois não tinham, naquele momento, condições para se dedicar aos cuidados que uma criança demanda. Janina continuava relatando casos revoltantes ocorridos na escola, coisas que simplesmente não poderiam acontecer, mas que o sistema atual, degradado pela legislação vigente (ou ausência de uma) ou, ainda, pelo não cumprimento das regras existentes, permitia que ocorresse.

Certo dia, Janina não conseguiu sair da cama. Não para ir ao trabalho, pelo menos. Após um tempo, levantou-se, tomou café com Décio e disse a ele que sentia um aperto muito forte no peito e que não conseguiria entrar na escola. Não sabia explicar, mas simplesmente não iria trabalhar naquele dia. Décio terminou o café e saiu para o trabalho, após combinarem que Janina iria pegar o carro para ir imediatamente ao médico. Às 11h, o telefone do escritório de Décio tocou.

— Departamento de manutenção mecânica, bom dia.

— Décio? Sou eu, meu bem. Acabei de chegar do hospital.

— E o que o médico disse?

— Estou com uma tal de Síndrome de Burn out.

— Hã?

— É. Algo um pouco pior que estresse e síndrome do pânico juntos, segundo o médico. Depois te explico melhor, apenas queria te contar o resultado. Vou ter que ficar de repouso por uma semana.

— Acho melhor mesmo. Assim você se recompõe.

— Ok! Vejo-te mais tarde então. Bom trabalho.

— Está bem. Tchau

A semana de repouso transcorreu sem inconvenientes. Janina dormiu melhor e, aparentemente, estava mais calma. Chegou o fim de semana e o casal se preparava para voltar à normalidade, em mais uma Segunda-feira de manhã. Janina Acordou disposta e foi trabalhar naquele dia e no seguinte. Na Terça-feira à noite, durante o jantar, disse ao marido:

— Décio, na semana em que eu estive fora, uma aluna de uma de minhas turmas assassinou uma garota de catorze anos de outra turma, porque ela estava saindo com o namorado dela. Você acredita nisso? E um professor disse que está sendo ameaçado por um dos alunos dele. O rapaz é traficante e disse-lhe que se continuar pegando no pé dele, vai matá-lo. Afinal, uma vida não vale nada para esse rapaz.

— Meu bem, acho que isso já está indo longe demais. Alguma coisa precisa ser feita. Esses alunos precisam conhecer limites. Já que não podemos dar-lhes limites, acho melhor você sair de lá. Já pensou nessa possibilidade?

— Sim, mas e o nosso plano de juntar uma grana e nos estabilizar primeiro? Preciso aguentar por mais um tempo, assim ficaremos tranquilos para termos nosso filho. Não, Décio, vou continuar. Tenho que continuar.

— Bem, você é quem sabe. A gente pode viver apenas com o que eu ganho, mas respeito sua opinião. Vamos seguir tentando, então.

— Eu te amo. Tenho fé em Deus que vamos superar essa fase complicada. Isso vai passar.

Três semanas após aquele jantar, por volta das 14:00h, o celular de Décio tocou. No display do aparelho apareceu: "Janina chamando". Ele atende:

— Oi, meu amor, tudo certo?

— Boa tarde, senhor Décio. Desculpe-me, mas aqui é o delegado Souza. Preciso que o senhor fique calmo, antes de tudo. Sua esposa foi encontrada em um terreno próximo à escola em que ela trabalha, por um morador vizinho ao terreno. Por favor, não se desespere, senhor, ela está viva e já está sendo atendida no hospital 8 de Agosto, que é o mais próximo da escola. Gostaria de conversar com o senhor sobre o que aconteceu, para tentarmos entender melhor o que desencadeou o ocorrido.

— Mas o que aconteceu com ela? Isso é um trote? Ela está mesmo viva?

— Senhor Décio, isto não é um trote. Espero o senhor aqui na 2ª DP, assim que o senhor puder vir. Como eu disse, ela está no hospital, fora de perigo e o senhor pode visitá-la primeiro. Depois passe aqui. Contamos com a sua ajuda.

— Ok! Passarei por aí em uma ou duas horas.

Ao desligar o telefone, Décio viu um filme passar como um trem expresso em sua mente. Um filme com muitas interrogações e nenhuma resposta. O que teriam feito à sua amada esposa? Por que teriam feito algo a ela? Ela realmente estaria bem nesse momento? Pegou a chave do Palio no suporte, na parede, e dirigiu com destino ao hospital.

Janina estava em prantos quando Décio entrou no quarto. Seu rosto expressava uma mistura de tristeza, como quando se perde um ente querido, e vergonha, similar à de quando se é exposto ao ridículo. Décio a abraçou, beijou-lhe a face e agradeceu a Deus por a esposa estar realmente viva.

— Conte-me tudo, meu bem. Daqui irei direto à delegacia e qualquer informação pode ser útil ao delegado Souza.

Janina contou-lhe o que aconteceu, pormenorizando o ocorrido de forma tão minuciosa quanto sua memória lhe permitia. Ao sair da escola, naquela tarde, fora abordada, em um local estratégico onde não havia muitos transeuntes, por dois de seus alunos. Eles queriam vingança por ter perdido a liberdade que haviam conquistado com a professora anterior. Com ela, podiam fazer tudo durante as aulas: fumar, beber, importunar as meninas da sala e até planejar delitos pelo celular, mas não com Janina. Ela não permitia tais abusos em suas aulas, apesar do medo de reprimir aquele tipo de aluno. Não queriam matá-la, nem roubá-la, pois não era esse o tipo de crime que praticavam. Eram estupradores, apesar da pouca idade, e queriam, com sua especialidade, cobrar sua dívida. Levaram-na para o terreno baldio e, um após outro, a molestaram, rindo e bebendo, enquanto ela tentava gritar por socorro. Amordaçaram-na e ameaçaram matá-la ali mesmo se resistisse. Como ela insistia em resistir, viu que um deles molhou um pano em um liquido incolor e, com ele, tampou-lhe violentamente o nariz e a boca. Essa foi sua última lembrança, antes de acordar ali, naquela cama, naquele hospital.

Décio chorava, aos soluços, segurando a mão de Janina, sentindo um misto de raiva, revolta e impotência perante a situação. Perguntou à enfermeira:

— Até quando ela vai ficar aqui?

— Ela ainda deverá ter alta hoje. Apenas está em choque, mas o quadro é bom e ela mostra uma boa recuperação. Já foi feito o exame de corpo delito, mais alguns instantes e o doutor vai liberá-la.

— Está bem, vou à delegacia e volto aqui para buscá-la então.

— Ok, e vá com calma Sr. Décio. O desespero nunca ajuda.

3

Naquela mesma noite, o casal retornou pra casa, como planejado. Janina retornou ao hospital algumas vezes, para exames de rotina. Também teve que iniciar um tratamento psicológico, para superar o trauma. Não podia mais ver uma criança nem adolescente com mochila indo para a escola, muito menos passar perto da uma instituição de ensino. Isso lhe causava pânico e choro espontâneo. Janina abandonara as aulas por completo. Nem o esforço da psicóloga, nem as conversas com as amigas e amigos mais próximos foram suficientes para diminuir-lhe o trauma. Aquilo ainda se arrastaria por muito tempo na vida do casal. Décio também sofria, revivendo aquele trágico dia e imaginando os dois rapazes possuindo o corpo de sua esposa. Somente o amor e a fé dos dois podia dar-lhes força naquele momento. Os dois rapazes foram identificados. Como eram menores de idade, foram encaminhados a uma unidade de recuperação de menores, de onde saíram pouco tempo depois, sem nada contra eles, afinal ainda eram adolescentes e estavam em processo de formação da personalidade, não podendo responder por seus atos.

Décio e Janina carregariam aquela marca por toda a vida, ainda que fossem inocentes e se sentissem injustiçados. Era um fardo deles, e de ninguém mais. A sociedade seguiria seu curso, as escolas continuariam sem regras, sem limites estabelecidos, o código penal continuaria o mesmo. A escola perdera uma ótima professora, a família perdera uma fonte de renda, enquanto a sociedade ganhara dois novos criminosos. Até quando essa equação seguiria vigente? Essa interrogação não sairia tão cedo das cabeças de Janina e Décio, que sempre se lembrariam de uma realidade oposta, de algumas décadas atrás, do final de uma época em que os professores eram respeitados e a escola impunha limites aos futuros homens desse país.

O acampamento

1

— Ok, pegaremos o busão no Sábado, às 06:00h. Vamos nos encontrar no guichê da empresa às 05:30h, então compraremos as passagens – Assim Lucas fechou o assunto, que já durava um par de horas. Discutiam ele, Cláudio e Jorge, juntamente com suas respectivas namoradas Aline, Márcia e Ralena, sobre o acampamento que os três casais fariam no fim de semana seguinte, na serra da Mantiqueira. Não costumavam ficar em *campings* que ofereciam energia elétrica, banheiros e até mesmo comida pronta e cerveja gelada. O sexteto buscava sempre lugares isolados, quase um teste de sobrevivência. Gostavam de aventura.

— Fechado! — Responderam os outros do grupo, quase em uníssono.

— Vamos passar no mercado e comprar o que precisamos. Alguma coisa além de comida?— Era Aline, a mais organizada do grupo, e que sempre tentava coordenar os preparativos, evitando que esquecessem, por exemplo, lanternas, fósforos, camisinhas, dentre outras coisas importantes.

— Vamos comprar um baralho. O nosso já está todo marcado. Jogar truco com o Cláudio, usando aquele baralho, só se ele for seu parceiro!— E Lucas tinha razão. Cláudio era especialista em identificar qualquer marca nas cartas e dar sinal para seu parceiro, o que, muitas vezes, assegurava a vitória à dupla. Jogavam sempre o truco tradicional, dupla versus dupla, enquanto os outros dois ficavam bebendo (se fossem dois homens ou duas mulheres) ou namorando no mato, se tivesse sobrado um casal.

— Beleza, baralho na lista. Algo mais?

— Fechou, vamos ao mercado depois da aula. O Walmart perto de casa fica aberto 24h.

— Ok, vamos lá, então. Tenho ainda a maldita prova de álgebra para fazer. Encontrar-nos-emos no portão da frente, às 22:30h.— Jorge sugeriu.

Voltaram, então, para a universidade.

Eram todos estudantes das várias áreas da engenharia. Jorge estava no segundo período de engenharia mecânica e precisava de um "8,0" para conseguir a aprovação em álgebra, algo quase impossível para quem estava tomando *Smirnoff* no intervalo e focando na aventura que faria, junto com seus amigos, no dia seguinte.

O supermercado estava vazio. A compra dos itens listados foi rápida. O único imprevisto foi o limite do cartão de crédito de Jorge que, ao tentar pagar a conta, descobriu que estava estourado. Cláudio pagou, enquanto Aline (sempre ela) anotou o valor para fazerem o rateio posteriormente. Foram, então, para casa, descansar. Afinal, já era quase meia-noite e às 05:00h estariam todos de pé novamente.

Naquela noite, porém, a Mantiqueira dormiu diferente. A lua, cheia, parecia saber que aquela aventura, por algum motivo, não sairia como os jovens amigos a haviam planejado.

"Passageiros com destino a Santo Antônio do Pinhal, favor dirigirem-se à plataforma dezessete, para o embarque". Assim anunciou a moça do sistema de som, às 05:55h. E para a plataforma dezessete dirigiram-se os seis amigos. Jorge, que havia tido uma péssima atuação na prova da noite anterior e, portanto, tinha dormido mal, após passado o efeito da *Smirnoff*, arrastava-se pela rodoviária, resmungando sobre a matéria da prova da noite passada. Lucas tentava minimizar o problema do amigo:

— Jorge, calma, cara. Você ainda terá a chance de se recuperar em uma segunda chamada. Ninguém aguenta você desse jeito, só reclamando.

— Quer saber? Eu quero que se foda essa faculdade! Tenho todo o tempo pra reverter esse prejuízo. Agora vamos focar na viagem. Você tem razão.

2

Embarcaram e seguiram, com destino a Santo Antônio do Pinhal. De lá, partiriam, a pé, para uma parte da serra. Era um local que descobriram pelo Google, onde havia uma cachoeira e ninguém, nem uma fazenda, comércio, nada mesmo, num raio de pelo menos 15 km. Montariam o acampamento ali. Três barracas, uma para cada casal e uma espécie de gazebo, onde preparariam a comida e fariam toda a curtição. Fogueira, luau, muita bebida, conversa fora, truco e, claro, muito sexo. O feriado, de três dias, seria bem aproveitado. Voltariam para casa no terceiro dia, sem sombra nenhuma do stress em que se encontravam naquele fim de semestre, depois de uma semana inteira recheada de provas na universidade.

Após 3 horas de viagem, chegaram à cidade de Santo Antônio do Pinhal, na região serrana. Tomaram um café reforçado numa padaria no centro da cidade e já partiram, de posse do GPS, rumo ao local escolhido.

Ao saírem da cidade e entrarem na mata, alguns moleques que jogavam bola pelo local os cumprimentaram, pensando que eles iriam, no máximo, explorar alguma pequena cachoeira ali por perto. Mas eles tinham um objetivo muito maior. Adentrariam a serra, rumo ao local determinado, próximo à divisa dos estados de Minas Gerais e São Paulo. Ninguém os encontraria ali. Nenhum fazendeiro, nenhum agricultor, nenhum boiadeiro. Ali só havia a serra: montes, árvores, riachos e animais.

Uma hora após passarem pelos meninos jogando bola, já não havia nada no raio de visão do grupo. Apenas o magnífico visual da natureza viva ao redor deles. Araucárias de, sabe Deus, quantos anos de vida, pintando de verde a paisagem. Em seus galhos, bem-te-vis, sabiás e outros pássaros, contrastando, em amarelos e outros tons, com o verde da vegetação e adicionando melodia à pintura. Vez ou outra um coelho do mato corria, assustado, ao vê-los passando, abrindo caminho pelos montes. Um pouco à frente encontraram uma carcaça do que parecia ser uma raposa, já totalmente descarnada pelos urubus e arrematada pelos vermes, os lixeiros da natureza, que nada cria em vão.

Assim seguiram, parando rapidamente para um gole de água aqui, uma foto ou outra ali. Já estava perto do fim da tarde quando Márcia, que estava de olho no GPS, anunciou que faltavam, aproximadamente, 800 metros para chegarem ao local. Nesse momento estavam chegando ao topo de um monte. A vista que tiveram, ao chegar ao topo, era estonteante e serviu para confirmar que eles realmente sabiam como escolher um local para explorar em uma aventura. Do alto do monte o terreno descia, formando uma parte plana, mais baixa e voltando a subir, bem mais à frente, onde outros montes tinham seus topos. Em meio a esses montes, descia a pequena cachoeira, que era a cereja do bolo daquele lugar que haviam escolhido.

— Uau, isso é uma mini Machu Picchu! – Exclamou Lucas. — Que lugar maravilhoso!

— Realmente – Concordou Jorge. — Eu voto em montarmos o acampamento próximo à base da cachoeira. Vamos dormir ouvindo o barulho das águas batendo nas pedras. Sem falar que poderemos nadar no poço que ela deve formar.

Todos concordaram e continuaram a caminhada rumo à cachoeira. Em vinte minutos lá estavam, cansados, já no fim da tarde e com a última missão do dia: montar o acampamento. Não tardaram mais que trinta minutos para concluir a missão. Afinal, não era a primeira vez que executavam tal tarefa. Os rapazes montaram as barracas e o gazebo, enquanto as meninas preparavam os isolantes térmicos, colchonetes e cobertores. Após tudo montado, deram um rápido mergulho no poço da cachoeira, apenas para uma espécie de reconhecimento de terreno e que também serviria de banho. A noite já vinha chegando e a lua cheia já se destacava no céu, refletindo sua luz no poço da cachoeira, onde era possível ver as araucárias e os picos dos montes.

Chegou, então, a hora da celebração. Fizeram uma bela fogueira e abriram uma cachaça mineira que haviam levado. Os limões entraram em cena, junto com o açúcar e a caipirinha rolou solta, mesmo sem um dos ingredientes principais: o gelo. Jorge, que não era tão bom em álgebra, mandava muito bem no violão e começaram a tocar e cantar e beber, num ciclo evolutivo, que começou a minguar somente por volta das duas da manhã. Nem truco jogaram; foram do luau para as barracas, descansar. Apenas combinaram o programa para o dia seguinte, que tinha, como objetivo principal, uma caminhada pela área, explorando o local e registrando-o em fotografias e filmagens. Era o que mais gostavam de fazer. Cada um, ao voltar para casa, entupiria seu *facebook* com as tais imagens, obtendo dezenas de *likes* de seus invejosos amigos.

3

Acordaram por volta das oito da manhã. Exceto pela ressaca, estavam recompostos e prontos para o novo dia. Durante o resto da manhã, ficaram pela região do acampamento, conversando e curtindo o visual. Após um lanche, fecharam as barracas com as grandes mochilas dentro, prepararam apenas duas mochilas menores com o básico para a caminhada e saíram para explorar as redondezas.

De mãos dadas, Lucas e Aline iam à frente do grupo. Lucas provocou:

— Pessoal, hoje vai rolar o truco hein, fora a carne assada e a caipirinha.

— Com certeza. Homens contra mulheres – Propôs Aline, lembrando-se da última aventura, quando ela, Márcia e Ralena haviam massacrado os rapazes.

Meia hora depois, caminhando mata adentro, Lucas avistou algo que, a princípio, pensou ser uma daquelas armações que o cérebro apronta para a gente. Parou, esfregou os olhos e olhou novamente. Sim, embora improvável, era aquilo mesmo, ele estava vendo algo que parecia muito com uma...chaminé! Ali, no meio do nada, uma chaminé.

Os outros, ao olharem para aquela direção, também viram a mesma coisa. Cláudio exclamou:

— Que porra é essa? Pensei que o grau da caipirinha já tivesse passado. Uma casa com lareira é algo normal, se for lá embaixo, ou pelo menos onde houver uma estrada. Mas aqui? Como fizeram isso?

— Vamos chegar mais perto – Disse Aline.

O grupo se aproximou. A cada passo que davam, pedaços de parede branca começavam a aparecer por entre a vegetação. Era realmente uma casa. Mais uma cabana que uma casa. Despontando do telhado, uma chaminé, provavelmente de uma lareira.

A casa tinha estilo colonial, um deck de madeira, que era uma varanda, uma rede azul esticada, e a porta de entrada. Na lateral, janelas de madeira que pareciam, apesar do estado de abandono, ainda em bom estado. Cláudio bateu à porta e gritou:

— Olá, tem alguém aí?— Repetiu a ação. Não houve resposta. – Não tem ninguém, pessoal. Vamos entrar?

— Entrar, para que? – Perguntou Aline. – Não temos o que fazer aqui.

— Só para ver o que tem aí. Tá abandonado mesmo. Ninguém vai reclamar.

— Também não vejo nada de errado – Concordou Lucas.

Ninguém discordou. Para surpresa do grupo, a porta estava apenas encostada. Entraram por ela e depararam-se com uma bela sala, com piso de madeira e alguns móveis antigos, empoeirados. A mobília incluía uma mesa de madeira, o que bastava para garantir o truco. Após a sala havia, ainda, uma cozinha, um banheiro e um dormitório. Márcia tentou abrir a torneira da pia, ao que Lucas não perdoou:

— Você tá de brincadeira, Márcia? Essa tapera aqui não vê ninguém há anos. A água que um dia correu aqui devia ser bombeada por um sistema que não funciona mais desde Cabral!

— É, e eletricidade nunca teve. No entanto, temos dois lampiões, o da sala e o da cozinha. Podemos nos mudar para cá e passar o resto do feriado aqui. Pelo menos é melhor que barraca. Traremos nossas coisas e colocaremos os colchões aqui – A ideia de Lucas, após alguns instantes de troca de olhares, foi aceita, principalmente pelas meninas.

— Ok. Então vamos nos dividir: três de nós voltam ao acampamento para desmontar e transportar para cá o que lá deixamos, enquanto outros três ficam aqui arrumando o local. Tem um riacho ali ao fundo da casa. Podemos pegar água lá.

Quatro horas depois, estavam os seis já instalados no novo acampamento. Cansados, pela manhã que tiveram, mas contentes de passar o resto do feriado ali, abrigados naquilo que, para eles, naquele local, era um palacete. Água fresca ao lado, um teto para os abrigar e espaço suficiente para se divertirem. A noite prometia uma festa de arromba, ali naquele local onde os vizinhos não chamariam a polícia após as 22:00h. Não havia vizinhos. Eram eles, a mata e o luar.

— Truco, ladrão! – Gritou Cláudio, já encima da mesa, com um copo de caipirinha numa mão, as cartas na outra e um cigarro na boca.

Aline quase chamou seis, mas preferiu não arriscar. Cláudio estava realmente sortudo naquela noite.

— Não quero, tô fora. Hoje tá difícil.

Ao final, acabaram perdendo o jogo de qualquer forma, o que inchou (ainda mais) a panca de Cláudio.

— Depois dessa, vou mijar e liberar espaço para mais caipirinha.

— Vai lá fora, a descarga não funciona. – Lembrou-o Ralena, que sabia que aquele aviso era necessário, principalmente após a empolgação de quem acabava de ganhar uma partida e de tomar algumas caipirinhas.

Cláudio dirigiu-se para a mata, que estava logo à frente da porta da varanda. Andou aproximadamente vinte metros até a primeira árvore que encontrou, desabotoou a bermuda e iniciou o processo de purga de líquidos. Neste momento, uma espécie de flash iluminou-lhe a face, por uma fração de segundo. Cláudio ia gritar quem era o filho-da-puta que estava fotografando-o nu, para possivelmente postar a foto em uma rede social, porém, antes que pudesse abrir a boca, vários outros focos de luz acenderam-se, direcionados à sua face. Cláudio gritou:

— Ei, quem está aí?

A resposta foi um estrondo, algo como uma bomba estourando a uns oito metros de onde Cláudio estava. Ele, então, correu o mais rápido que pode de volta à casa, onde os outros cinco já o esperavam, com a porta aberta.

— O que é isso? Que são essas luzes? E esse barulho? – Perguntou Lucas.

— Não sei! Eu estava lá, próximo à árvore e, de repente, apareceram essas luzes.

— Estão paradas. Parecem lanternas – Percebeu Ralena – Não estão avançando. Será que são caçadores?

— Não acredito que sejam caçadores, mas, o que quer que seja, não me causa tranquilidade. Vou gritar novamente, perguntando quem são – Disse Cláudio.

— Ei, quem são vocês? Somo apenas estudantes acampados! Não estamos armados. Por favor, identifiquem-se.

Desta vez não houve estrondo. Houve uma chuva de projéteis sobre a casa, estilhaçando parte dos vidros da janela da frente.

O desespero tomou conta de todos. Bateu, em cada um deles, aquele arrependimento que se tem quando se salta de asa delta ou quando se inicia a queda em um grande tobogã. Naquela fração de segundo, passou pela cabeça deles que teria sido melhor se tivessem ficado nas barracas. Isso era um pensamento claro e definido. O que não era certo, no entanto, era o que poderiam ser aquelas luzes. Caçadores? Os donos da casa, que a consideraram invadida ao escutar o barulho do grupo? A polícia, procurando algum traficante que estaria escondido naquela região? Mas eles não obtiveram respostas, exceto pelo estrondo e a chuva de projéteis. De repente, Jorge, o primeiro a sair daqueles instantes de choque e paralisia que tomou conta do grupo, grita:

— Todos para o chão! Rápido! Travem a porta e não fiquem próximos à janela. Temos que tentar nos proteger. Alguém tente ligar para a polícia ou para casa.

— Sem chance – Disse Márcia – Meu sinal de celular sumiu! Alguém tem um celular com sinal?

— Eu jurava que o meu estava funcionando, até cinco minutos atrás – Disse Aline. Mas agora o sinal havia sumido!

— Pessoal, não sei o que podemos fazer, mas acho que temos que procurar algo nessa casa para tentar fazer uma barricada na porta e nas janelas. As paredes são fortes. Se conseguirmos bloquear as entradas, talvez tenhamos chance contra o que quer que seja essa palhaçada lá fora.

De repente, as luzes, que pareciam potentes lanternas, começaram a mover-se em direção à cabana. Contaram seis delas. Calcularam que estavam a uns 150 metros dali. Arrastaram pela sala para procurar algo, quando Jorge viu um grande baú no canto. Um baú que ele jurava que não estava ali antes! Apontou para o mesmo e o grupo correu para o local. Ninguém o havia visto antes. No entanto, abriram-no e a surpresa foi ainda maior, ao ver o que estava dentro: Armas, munição, lanternas e uma mini enfermaria, com curativos e medicamentos. As armas não eram simples revólveres "trinta e oito". Era artilharia pesada! Escopetas, rifles, submetralhadoras e pistolas calibre .44. E muita, muita munição. Não conseguiam sequer imaginar como aquele baú, e todo seu conteúdo, havia ido parar ali. Talvez realmente houvesse traficantes que tinham montado ali seu covil e as luzes eram da polícia, em uma operação de captura dos bandidos. Se assim o fosse, eles estariam passando-se pelos bandidos e poderiam ser mortos e nunca mais verem suas famílias, tudo devido a uma bobagem de invadir uma casa que, supunham, estava abandonada! Mas, naquele momento, tinham que tentar sobreviver. Jorge, que tinha certa intimidade com armas, foi logo agarrando um rifle e dirigindo-se para próximo da janela. Mal teve tempo de escutar Ralena gritando um "Não, meu bem!" e posicionou-se no canto da janela para mirar em uma das luzes. Antes de apertar o gatilho, porém, todas as luzes se apagaram e o tiro ecoou no vazio da noite. Um tiro de rifle, disparado contra o nada. Lucas agarrou uma lanterna no baú e, pela janela, iluminou a mata. Nada! Não viram nada no meio da mata. Jorge interrompeu o silêncio:

— Pessoal, sugiro que cada um agarre uma arma e tente proteger a frente. Eu e mais um podemos sair pelos fundos, contornar a casa a uma distância de uns 50 metros e tentar pegar, quem quer que seja, pelos flancos. Se simplesmente esperarmos aqui, podemos morrer. Todos!

— Acho muito arriscado, Jorge – Márcia opinou – Não sabemos quantos são, nem que intenções podem ter. Mal sabemos usar armas e eles podem ser um grupo especial da polícia, altamente treinado. Não temos chances. Por outro lado, não temos o que temer! Não fizemos nada de errado. Vamos sair, com as lanternas acesas e mãos para cima. Vão reconhecer que não somos quem eles procuram.

— Mas Márcia, nós já dissemos, aos berros, que somos apenas estudantes e o chumbo continuou. Se você estivesse do lado de lá, acreditaria no que gritássemos do lado de cá?

— Não sei, mas...

Voltaram as luzes. Agora um pouco mais perto, movendo-se entre as árvores. Jorge disse:

— É nossa única saída. Alguém vem comigo?

— Eu vou! – Era Lucas – Acho que realmente é o melhor a fazer. Quem ficar, tente distraí-los com tiros e proteger-se. Vamos pegar os filhos-da-puta por trás.

— Não, Lucas. Por favor. Isso não vai dar certo. Vamos esperar aqui. O celular de alguém logo deve funcionar. Chamaremos socorro e aguardaremos aqui.

— Aline, confie em mim. Ficarmos todos aqui é a pior saída.

Aline desabou em prantos, enquanto Cláudio já começava a tentar atirar em direção às luzes, que continuavam avançando. Ralena, já com uma pistola, fez o mesmo, enquanto Márcia tentava acalmar Aline. Afinal, precisavam dela também. Quatro seriam melhor que dois, para dar a cobertura necessária a Lucas e Jorge.

Os dois saíram pela janela dos fundos, entrando na mata. Caminharam em torno de cinquenta metros floresta adentro e, então, foram em direção às luzes, para passar por elas, a uma distância segura e, posteriormente, pegá-los pelos flancos. Contavam ainda seis luzes, o que significava que os colegas não haviam acertado nenhum dos inimigos. Estavam, agora, já próximos do ponto de virar para chegar aos flancos das luzes, os dois a uns dez metros um do outro, quando Lucas escutou um barulho nas árvores atrás dele. Virou-se e não viu nada. Não viu, mas escutou. Escutou e sentiu. Muita dor. Num último lampejo de consciência sentiu algo metálico, quente, entrando entre os dois olhos. Sentiu a massa encefálica sendo destruída pelo projétil. E foi só o que sentiu. Depois, caiu. Jorge ouviu o barulho e pressentiu o pior: haviam sido detectados. Não podia gritar por Lucas, mas não precisava gritar para imaginar o que ocorrera. Correu, como nunca correra antes, de volta à cabana. Acreditava que conseguiria chegar à janela dos fundos e reintegrar-se ao grupo. Enquanto pensava nisso e corria, escutou um tiro atrás dele e também sentiu. E também caiu. Sentiu a perfuração na coxa e o sangue que dela saía. Levantou-se, num esforço descomunal, atendendo ao instinto pela sobrevivência, e correu os vinte metros faltantes até a janela, jogando-se para dentro. Rapidamente, fechou a parte de madeira da janela, travando-a, e voltou para a sala, o sangue jorrando pela perna.

Ao chegar à sala, nada de tiros, nada de luzes. Ralena correu para abraçá-lo enquanto Aline, ao ver que Lucas não voltara, já entrava em desespero.

— Jorge, e o Lucas? O que aconteceu com ele?

— Sinto muito Aline; eu não sei, apenas escutei um barulho, um tiro, mas não o vi mais. Então voltei correndo. Sinceramente não sei o que aconteceu. Mas o que houve com as luzes? E os tiros? Será que foram embora?

— Cara, do nada tudo se apagou e os tiros pararam – Respondeu Cláudio, ao lado da janela que nem vidro tinha mais. Restava apenas a moldura, ainda assim, com lascas de madeira que as balas deixaram – O que fazemos agora?

— Eu vou sair e procurar o Lucas – Aline respondeu. – Ele pode estar ferido, assim como o Jorge, e estar precisando de ajuda!

— Mas pode ser uma armadilha, Aline – Disse Ralena, enquanto usava bandagens no ferimento de Jorge. – Eles podem ter simulado uma retirada para justamente sairmos da casa.

Enquanto dirigia-se, num impulso, à porta da varanda, Aline foi dizendo:

— Se vocês pensam assim, fiquem, mas eu vou lá agora procurar o Lucas e...

Cláudio não a permitira concluir a frase. Na verdade, a coronha do rifle de Cláudio, impactando contra sua cabeça, não a permitira fazê-lo. Aline, instantaneamente, foi ao chão, após a pancada. Todos olharam espantados para Cláudio.

— Acreditem, foi melhor assim. Logo sairá o sol e aí sim sairemos, podendo enxergar o que quer que esteja lá fora. Mas sair agora é suicídio. Vamos reforçar a porta e empurrar o armário contra esse resto de janela e tentar esperar.

Ralena, Jorge e Márcia sentiram, durante um instante mínimo de raciocínio que a situação lhes permitiu ter, que deveriam concordar com Jorge. Não tinham outra saída. Eram três da manhã. Faltavam, ainda, em torno de três horas para o sol nascer. E aquelas três horas seriam como trinta, talvez mais. No entanto, teriam que esperar.

— Está certo, Cláudio – disse Jorge. – Vamos fazer assim.

Empurraram o armário contra a janela, reforçaram a porta e, juntos, esperaram. Perguntas, sem respostas, passavam como um rolo de máquina de asfalto pela cabeça de cada um. Lágrimas corriam pelas faces. Apenas Aline dormiu durante aquelas 3 horas. Nada mais aconteceu. Nenhuma luz se acendeu, nenhum tiro foi ouvido, nenhum pássaro noturno revoou, nada, absolutamente nada. Era a lua, as árvores e o silêncio.

O primeiro raio de sol surgiu por entre as árvores, atingindo as frestas da porta e da janela, trazendo um certo efeito renovador aos quatro companheiros acordados. Entreolharam-se, como que trocando ideias entre si. Ainda não era dia, apenas o início da aurora, mas estava claro o que deveriam fazer, a partir daquele momento. Cláudio ratificou o plano:

— Ralena e Márcia, fiquem com a Aline. Eu e o Jorge vamos sair e procurar o Lucas e o que quer que possa estar aí fora. Talvez de dia nos vejam e percebam que não somos quem pensam que somos.

Desbloquearam a porta e saíram. Num primeiro olhar, não avistaram nada. Com toda cautela, avançaram rumo à mata, o coração acelerado, alimentado por overdoses de adrenalina. Entraram na mata, rifles na mão. Nada, nem mesmo marcas no chão, coberto por uma grossa camada de folhas, intocáveis, aparentemente por dias. Jorge direcionou-se para a área onde fora atingido e onde o corpo de Lucas provavelmente estaria. Reconheceu o local, olhou para o furo na calça e a perna, que ainda doía, mas não encontrou nada ali também. A mesma camada de folhas sobre o chão, intacta, exceto pela inequívoca marcação do caminho que percorreram na noite anterior. Nitidamente o caminho que fizeram da casa até ali e dali de volta para a casa. Nada além disso. Decidiram voltar para a casa, porém ao chegarem próximos à porta, um clarão tornou a penumbra daqueles primeiros raios de sol que ameaçavam clarear o dia, em algo mil vezes mais claro que o dia de sol mais intenso que já haviam visto. Era como um flash de câmera fotográfica, porém contínuo. Instantes depois do início do clarão veio o ruído agudo, intenso, que os fez levar as mãos aos ouvidos, em uma vã tentativa de diminuir sua intensidade. Jorge gritou, mas não escutou nem mesmo a própria voz. Sentiu, por alguma razão, que Cláudio e as meninas dentro da casa, também gritavam. Então, tudo passou. O Clarão, o ruído e o local onde estavam. Não havia mais floresta, para Jorge e Cláudio. Não havia mais casa, para Aline, Márcia e Ralena. Havia um cenário típico de uma sala de controle, como os que se vê num filme de ficção científica, todo branco, o piso liso e frio e painéis, muitos painéis, com símbolos e luzes que eles não conseguiam ler. Não eram caracteres de nenhuma língua conhecida. E havia, ainda, aquilo que mais gostariam que houvesse. Aquilo que haviam perdido. Entrando pela porta que dava acesso à sala em que se encontravam, estava Lucas, vivo, andando e sorrindo. Ele vestia, agora, uma roupa branca, impecável, sem nenhuma mancha. Não tinha sangue, nenhum ferimento, nenhuma expressão de dor, sequer. Parecia haver uma aura em volta dele. Veio caminhando em direção aos amigos e àquela que agora sorria e chorava ao mesmo tempo, sua noiva Aline.

— Pessoal, estou bem. Muito bem. Vocês devem estar muito confusos, assim como eu fiquei ontem à noite, ao chegar aqui. O que vocês vão ver agora vai assustá-los ainda mais, mas será importante para esclarecer o que aconteceu conosco desde ontem. Eu, assim como vocês, ainda não sei; apenas fui solicitado, por eles, a aguardar. Não tenham medo, eles não nos querem nada de mal, isso eu já sei.

Aline, que o abraçava neste momento, disse:

— Eles quem, Lucas? De quem você está falando?

Lucas não precisou responder. Outra porta, que dava acesso à sala, se abriu e, por ela, entraram cinco seres. Não eram homenzinhos verdes, os marcianos estereotipados da cultura popular. Eram muito parecidos com nossa raça, os humanos. As diferenças se resumiam à roupa, que parecia com a de Lucas, branca e impecável. Uma espécie de macacão. O crânio era visivelmente maior, assim como os olhos. O vigor físico drasticamente reduzido, assim como a estatura. Não passavam de um metro e meio de altura. Não tinham cabelo, nem na cabeça, nem em nenhuma outra parte do corpo, o que incluía a área onde deveria haver sobrancelhas. E isso era tudo, pelo menos no que tangia ao físico. Jorge, por um momento, pensou em tentar atacá-los, mas a lógica o impediu de fazê-lo. Havia visto, na noite anterior, o que aqueles seres eram capazes de fazer. Além disso, mesmo que acabasse com os cinco, não saberia como sairiam daquele local, para retornarem à cabana. Um deles olhou para o grupo e, embora não tivesse aberto a boca, dirigiu a eles uma mensagem, que todos captaram, apesar de não ter havido a propagação de nenhuma onda sonora no ar. A mensagem, transmitida pelo que o grupo entendia tratar-se de telepatia, tinha o seguinte conteúdo:

— "Prezados irmãos da terra, não tenham medo. Somos irmãos de todos vocês, em um estágio superior da evolução. Estamos aqui em uma missão pacífica."

Jorge interrompeu-o:

— Missão pacífica? Vocês quase mataram o Lucas, me deram um tiro na perna e dizem que isso é uma missão pacífica?

— "Irmão, olhe melhor sua perna."

Jorge olhou e, para seu espanto, não havia mais nada. Nem dor, nem o furo na calça, nem a mancha de sangue. Aquilo era inexplicável. Ele sentira a bala perfurar-lhe a coxa, sentira a dor e a dificuldade de andar. Sentira e vira o sangue saindo e manchando a calça. Como poderia aquilo não ser real? Como que lendo seus pensamentos, o ser respondeu-lhe, novamente por telepatia, dirigida a todos:

— "Tudo foi apenas uma simulação, provocada por nós. Nós nunca machucaríamos nenhum de vocês. Se agíssemos assim, não poderíamos nos considerar superiores em evolução. Estamos aqui estudando o planeta de vocês, as formas de vida e, em especial, vocês, que são a forma dominante aqui. É importante, para nós, entender como vocês reagem a determinados estímulos. Somos jovens cientistas em uma missão. Algo como o que seria, para vocês, guardadas as proporções, jovens preparando suas teses de mestrado. Vocês nos proporcionaram, nas últimas horas, uma valiosa experiência nesse sentido. Escolhemos este lugar pela distância da população. Nosso povo tem feito isso por muito tempo, sempre cuidando para não interferir na vida e no ciclo evolutivo de vocês. Trouxemos vocês até aqui para explicar-lhes isso e para agradecer-lhes por nos proporcionar essa experiência. Nada do que vocês viram e sentiram nas últimas horas será lembrado por nenhum do grupo. Apagaremos esses acontecimentos dos cérebros de todos vocês. Após nossa despedida, voltarão à casa em que estavam e apenas lembrar-se-ão da festa que fizeram ontem."

— Calma aí! – Disse Aline – Vocês nem disseram quem são, de que planeta vieram, nada disso!

— "Nada disso é necessário, irmã, pois tudo será deletado. Apenas saiba que somos de muito longe e que, um dia, sua raça também viajará pelo espaço. Antes disso, porém, vocês ainda voltarão muitas vezes a esse planeta, em estágios diferentes de sua evolução. É um longo caminho que todos nós temos a percorrer. Não diremos mais nada além disso. Desejamos que tenham um ótimo descanso e que voltem felizes às suas rotinas. Muito obrigado e vão em paz. Adeus!"

Todos os cinco humanoides acenaram com a mão, como se estivessem agradecendo e se despedindo do grupo. De repente voltou o clarão, intenso como antes, e, então, veio também o som. Depois, tudo sumiu.

4

O despertador do celular de Aline tocou às 10:00h, batendo como uma marreta na cabeça do grupo. Dormiam, em seus colchonetes espalhados pela casa, que tinha a janela intacta, embora não tivesse mais um baú de madeira cheio de armas. Aquilo nunca existira!

— Caramba, já são 10:00h! – Disse Aline – Parece que não dormi mais que meia hora!

— É, eu também – Disse Lucas.

— Também, quem manda beber tanto! — Márcia emendou — Mas valeu, a noite foi muito boa. Fazia tempo que não curtia tanto! Descarreguei todo aquele estresse da semana de provas.

— Bom, hoje é Segunda-feira, feriado – Disse Cláudio. — Vamos tomar um café, curtir mais um pouco a paisagem e arrumar nossas coisas. Depois caminharemos até a rodoviária. À tarde, pegaremos o ônibus e amanhã começa tudo de novo.

— É isso aí. Nós, meninas, prepararemos o café – propôs Ralena — Os marmanjos que cuidem da parte pesada!

— Para variar! É sempre assim! Sempre os coitados dos marmanjos. Eu, Lucas e Jorge, sempre nos ferrando.

Começaram, os seis, a preparar as mochilas para a caminhada de volta à rodoviária. Aquele feriado ficaria, para sempre, na memória de todos eles, mas apenas pela viagem e pelo acampamento que fizeram, pelas fotos que colocariam em suas redes sociais e pelas festas que rolaram. Nunca se lembrariam, no entanto, da outra parte da história. Aquela ficaria registrada apenas nos arquivos dos cientistas humanoides. No máximo, algum fazendeiro ali de perto relataria ter visto uma luz diferente passando pelo céu do local, naquela noite. Ele juraria que não seria um balão, nem avião, nem meteoro, mas isso não importaria. Ninguém acreditaria nele. Ninguém nunca acreditou em nenhum...

O menino que sonhava

1

"Olá. Meu nome é Saulo. Eu tenho 14 anos. Vou à escola, ajudo meus pais a cuidar de meu irmão menor, brinco com meus amigos, adoro jogos, ler e ver filmes. Sou uma criança como qualquer outra dessa idade; bem...exceto pelo fato de, há pouco mais de uma semana, eu ter parado de dormir! É meio difícil de explicar, ninguém acredita, mas desde a semana passada, quando eu me deito pra dormir, eu apenas passo para outro lugar. Lá é tudo muito real, não é um sonho, só que tudo é diferente daqui. Sinto-me mais leve do lado de lá, as coisas parecem acontecer um pouco mais rápido. A tecnologia parece um século à frente. É como se fosse nosso futuro, mas, para mim, é o presente, quando estou lá. Eu não acho nada estranho até que eu me desperto, com minha mãe me acordando para ir à escola. Nas primeiras passagens eu até achei legal explorar esse novo mundo, até cheguei a conversar com alguns garotos da minha idade por lá, mas, na última semana, parece que algo sombrio vem se prenunciando nesse outro lado. Não sei ainda o quê. Estou muito confuso e sinto que devo compartilhar isso com alguém. De alguma forma, tenho a sensação de que alguém precisa saber disso, agora ou depois. É para você, que agora lê essas minhas páginas, que decidi deixar esse registro. Acredite na minha história, pois ela é mais real do que pode parecer..."

2

— Filho! Acorde, já são 06:30h, minha vida. Você tem prova hoje!

— Já vou, mãe! – Gritou. Pondo-se de pé, apesar do enorme cansaço, Saulo foi, como todos os dias, cumprir a rotina matinal que é a mesma da grande maioria dos homens. Lavou o rosto, tirou as remelas, assoou o nariz, escovou os dentes e trocou o pijama pelas roupas. Lembrou-se da noite passada e, então, veio o terror. Ele tentava, a todo custo, pensar em seu mundo, sua família, no pão com manteiga que o aguardava no andar de baixo, na escola, nos amigos, no RPG que estava jogando e no monstro que não derrotara ainda, mas todas as tentativas eram vãs. Sua mente se conectava ao que ele acabara de viver, durante o tempo em que ele dormia. Embora seu corpo tivesse descansado durante as últimas oito horas, ele se sentia exausto. Desceu, alegrou-se um pouco ao ver o pão, que a mãe lhe preparara com toda a dedicação costumeira, e foi sentando-se à mesa.

— Mãe, lembra que te disse ontem pela manhã que eu não havia dormido nada na noite passada?

— Sim. Não me venha dizer que aconteceu aquilo de novo?

Ele não precisou dizer. Apenas olhou para a mãe e afirmou com a cabeça.

— Na volta da escola vou levar-te à clínica do Dr. João Bernardo. Ele é um ótimo neurologista e descobrirá como tratar.

Você tem se esforçado muito na escola, meu filho. Além disso, você fica muito tempo no computador, jogando e lendo. Deve ser isso.

— Mãe, tudo isso eu sempre fiz. Por que só agora essas coisas começaram a acontecer? Eu não tenho nenhuma doença, tenho certeza disso. O que acontece é muito real.

Existem perguntas para as quais não conhecemos respostas. Estaremos sós no universo? Nosso time cairá para a série B? O salário durará até o fim do mês? A pobre mãezinha via-se cara a cara com uma dessas perguntas agora. Não sabia o que poderia estar acontecendo com o pobre garoto. Como uma boa mãe, no entanto, ela fez o que achou mais adequado a ser feito.

Naquela noite, apesar da consulta com o neurologista e do medicamento receitado, já comprado e ministrado ao pobre garoto, Saulo, imediatamente após deitar-se, desprendeu-se de seu quarto e fez novo contato com seu mundo paralelo. A passagem era sempre realizada de forma consciente. Saulo sentia-se saindo do corpo. Via isso acontecer. Então, ele passava por uma espécie de portal, todo iluminado, por onde saía uma luz branca de altíssima intensidade, parecendo, a Saulo, ser mais intensa que o próprio sol. Ele fechava os olhos e passava pelo portal. Imediatamente após passar, assim como vinha ocorrendo nas últimas semanas, ele se encontrava em uma dimensão muito à frente da nossa, tecnologicamente falando. Robôs circulavam pelas ruas, misturados aos homens. Alguns faziam o papel de animais de estimação. Após passar, Saulo olhou ao redor e encontrou um simpático homem que, olhando-o nos olhos, sorriu e disse:

— Venha. Estava esperando por você.

Saulo, então, lembrou-se daquele rosto. Teve a certeza que já o tinha visto nas vezes anteriores que passara pelo portal.

— Quem é você? – Perguntou Saulo

— Pode me chamar de Tobias.

— O que acontece comigo? Que lugar é esse?

— Aqui é o futuro. Para entender o que acontece com você, primeiro tem que vir comigo. Venha, não tenha medo. Vamos à minha casa.

Tobias tinha um aspecto de velho, embora aparentasse excelentes condições físicas. Era alto, barba e cabelos já grisalhos, olhar penetrante. Para Saulo, o que mais chamava a atenção era a sensação de familiaridade que Tobias inspirava.

— Mas como vou confiar em você, se não o conheço?

— Você não tem opção. Veja ao redor: São milhares de pessoas que não o conhecem e não sabem que você vem do passado. Elas não sabem da existência dos portais. Estão muito ocupadas para pensar nesses assuntos. Mas você sabe que eles existem. Acabou de usar um deles.

— Que negócio é esse de portal? Eu estou apenas tendo um sonho. Daqui a pouco vou acordar e ir à escola.

— Você mesmo sabe que não é verdade!

— Mas por que só você sabe que passei pelo portal? O que está acontecendo comigo?

— Com um sinal, Tobias parou um veículo e, abrindo a porta de trás, disse:

— Entre, meu querido, farei meu melhor para explicar-lhe tudo o que sei.

Saulo entrou no carro. Ficou perplexo com o que viu e, também, com o que não viu. O que não viu foi o motorista. O carro era todo automatizado. Tobias disse um nome de rua e um número e o veículo começou a locomover-se. Após 5 minutos, o veículo parou em frente a uma casa que, a Saulo, lembrava os filmes de ficção científica. Desceram e Saulo perguntou:

— Não vai pagar?

— Não temos mais dinheiro impresso, como na sua época. Aqui, neste "quando", todos têm um chip implantado sob a testa, com todas as informações sobre nós, inclusive as da conta bancária. O pagamento é feito automaticamente, pela leitura das informações do chip.

Tobias fechou a porta e o carro saiu. Nesse momento, ouviram um grande ruído atrás deles e, ao virarem-se, um acidente de trânsito arremessou um homem por cima dos dois. O homem caiu de forma a colidir com uma ponta de metal que perfurou-lhe a parte frontal do peito, logo abaixo do ombro direito. O acidentado, inconsciente, começou a perder sangue. Saulo, instintivamente, ia correr para tentar ajudar o homem de alguma forma, mas Tobias o segurou pela mão:

— Não é necessário, meu jovem. Veja!

Saulo mal pôde acreditar no que presenciou. Um veículo, provavelmente acionado por algum sistema de monitoramento que detectou o acidente, parou ao lado do acidentado e, dele, uma espécie de androide saiu. A coisa tinha várias ferramentas incorporadas. Rapidamente aproximou-se do agonizante, parando em frente ao mesmo, olhando-o da cabeça à cintura, como que realizando um diagnóstico da gravidade dos ferimentos. De repente, do antebraço direito do androide, saiu um tipo de seringa, que foi rapidamente injetada no ferido, enquanto da mão esquerda apareceu um instrumento cortante, como um bisturi. Saulo mal conseguia acompanhar os movimentos da coisa. Tudo acontecia muito rápido. A região afetada foi aberta por movimentos extremamente precisos. Feita a intervenção cirúrgica, tudo foi reconstituído, não com sutura, mas com uma luz violeta que, tal como em um procedimento de solda, ia unindo as partes abertas. Finalmente, o acidentado, já consciente e miraculosamente aparentando estar melhor, foi imobilizado e transportado para o veículo. A operação toda não durou mais que dois ou três minutos. Saulo olhou, ainda incrédulo, para Tobias.

— Uau! Se eu ainda tivesse alguma dúvida sobre isso aqui ser o futuro, agora estaria convencido.

— Vamos à minha casa. Temos muito sobre o que conversar.

3

Saulo ouviu o assobio do fervedor da água para o chá que Tobias preparava para os dois. Tobias serviu uma xícara a Saulo e, depois, encheu a sua. Era um chá de uma erva desconhecida a Saulo, que lembrava um pouco a camomila, apesar de o chá ser de cor azul.

— Gostou do chá?

— Sim, lembra-me o de Camomila.

— É uma erva parecida com a Camomila de seu "quando".

— E aí, vai me falar o que está acontecendo? Não estou entendendo nada. Estou aqui mesmo, ou isso é apenas um sonho?

— Isso aqui é algo real, meu filho, embora esteja acontecendo enquanto você dorme, lá no seu tempo. Quando você acordar terá a recordação de forma parecida a um sonho.

— Mas quem você é? Só me disse seu nome. O que você quer de mim?

— Estou em uma missão com o objetivo de te ajudar. Eu também não vivo aqui. Pelo menos, não encarnado.

— O que? Cara, quando eu penso que estou começando a entender você me confunde cada vez mais. Tobias percebeu Saulo se beliscando para certificar-se de que tudo aquilo era real.

— Sou um dos membros de um grupo de guardiões espirituais desse mundo, nesse tempo. Embora seja um espírito, estou, momentaneamente, simulando um corpo físico aqui, pela manipulação de energias cósmicas universais. Graças a essa manipulação, posso utilizar objetos e até tenho um chip implantado, assim como todos os outros daqui. Normalmente adotamos a lei da não intervenção. No entanto, algo extremamente perigoso, talvez catastrófico, se anuncia.

— Já sei, vai cair um asteroide aqui e seremos extintos, assim como aconteceu com os dinossauros, há milhões de anos.

— Não tenho a informação de nenhuma ameaça de asteroide, mas você acertou na segunda parte da sua afirmativa. A extinção da raça humana não é descartada; ao contrário, é tida como bastante provável.

— E o que poderia causar isso?

— Algo muito, muito menor que um asteroide, meu filho. Uma proteína sem codificação genética, chamada príon. Já ouviu falar?

— Sim. São pequenos, como os vírus. Certo?

— Correto. Agem na degeneração do Cérebro e podem matar em pouco tempo.

— Entendo. Mas onde é que os príons entram nessa história?

— Estamos, atualmente, com uma epidemia avançando muito rápido. Se não for, de alguma maneira, contida, poderá levar à extinção de toda a raça humana.

— Mas com toda essa medicina avançada que parece haver aqui ninguém consegue descobrir uma cura ou tratamento?

— Meu jovem, é bom que você tenha em mente que, em qualquer lugar e em qualquer tempo, existem pessoas boas e existem pessoas más. Há um grupo de grandes mentes muito inteligentes, porém voltadas para o mal, que não se sente bem em ver os homens felizes. Só serão felizes após o fim da raça humana. Esses serem habitam um mundo tecnologicamente muito mais avançado que a nossa terra, mas que, apesar dessa evolução, não conseguiu atingir um adequado nível de felicidade de seus povos. Nós os chamamos de renegados. Ocasionalmente visitam o lado de cá. Esse grupo inseriu os príons na população desse "quando", gerando uma epidemia mortal.

— Como assim inseriram?

— Ninguém sabe. Possivelmente pulverizados no ar ou adicionando no abastecimento de água de algumas localidades. O fato é que uma epidemia está se iniciando. Vão diagnosticá-la apenas como uma nova doença degenerativa do sistema nervoso central. O que não sabem é que essa é a mais séria doença que enfrentarão e ela poderá levar à extinção da espécie.

Tobias tomou o último gole do chá em sua xícara e olhou nos olhos do garoto. Parecia penetrar-lhes como uma ave mergulhando no mar, em busca do precioso alimento. Respirou fundo e disse:

— Saulo, você será um grande cientista e desenvolverá a cura para essa doença. É esse o motivo de sua vinda para cá.

— O que? Eu? Salvando o mundo? Olha, na boa...só quero acordar logo e continuar minha vidinha de estudante. Além do mais, se isso for verdade, por que eu tenho que estar aqui? Por que você simplesmente não me deixa voltar e continuar minha vida. Uma hora eu vou me formar e descobrir a tal cura. É só dar tempo ao tempo.

— O problema, filho, é que os renegados descobriram sobre a cura que você desenvolveu. Você precisa ser forte, Saulo, mas tenho que te dizer isso: eles te mataram, aqui nesse "quando", antes que você pudesse publicar o resultado da descoberta. Você está morto!

Saulo empalideceu. A informação foi como levar um soco na face. E com muita força! Tanta que ele chorou. Lágrimas escorreram pela face do garoto. Após algum tempo, levantou a cabeça e olhou para Tobias, que retomou:

— Foi há uma semana. Eles não apenas te mataram, mas o fizeram no seu próprio local de trabalho e destruíram todas as informações sobre sua pesquisa. Nada ficou para trás. Computadores, dispositivos de armazenamento, mídias, papéis, tudo foi destruído.

— Se tudo foi destruído e eu estou morto, então está tudo acabado. O que eu posso fazer?

— Você sabia, Saulo, que encontraria essa cura e, de alguma forma, você pressentia a existência dos renegados. Você deve ter deixado alguma informação em algum lugar fora do local de trabalho, que foi totalmente destruído. Não sei onde, mas você está aqui para isso. Precisa encontrar essa informação e, de alguma forma, não perdê-la ao passar para o lado do seu "quando". Dessa vez, você deverá utilizá-la antes que os renegados te descubram e tenham a ideia de acabar com você. Só assim você poderá mudar a história e contribuir para salvar a raça no planeta Terra.

— Mas eu não tenho nem ideia do que fazer!

— Pense, filho. As decisões serão suas e estou aqui para te ajudar.

4

Saulo, por um momento, hesitou, ainda duvidando se aquilo tudo era real. Por fim, concluiu que sim e indagou a Tobias:

— Diga-me, onde meu corpo foi enterrado?

— Cemitério São Lucas, a meia hora daqui.

— Leve-me até lá. Mas não sem passar em uma loja de ferragens antes. Precisamos de uma pá e um pé-de-cabra. Vamos exumar o corpo.

Aquilo era sério. O processo de exumação era utilizado apenas em situações extremas, geralmente no caso de crimes não solucionados, e requeria autorização judicial que demoraria para ser emitida, além de outros requisitos. Tudo isso à parte, o choque emocional seria imenso para o garoto, ao ver seu corpo sem vida e já em estado de decomposição. Tobias ponderou sobre isso. Por fim, era a intenção do garoto e, afinal, era para isso que recebera a missão de trazê-lo e de acompanhá-lo.

— Tem certeza disso, Saulo? Acredita que isso realmente seria importante?

— Se bem me conheço, ao realizar tamanha descoberta eu registraria isso de forma a nunca me esquecer do feito. Talvez eu tenha deixado algum registro, alguma marca no corpo, principalmente se, por algum motivo, eu tivesse pressentido a existência dos renegados.

— Acho pouco provável, mas você me convenceu. Não vejo motivos para não tentar. Levarei você até o cemitério.

O veículo parou próximo ao cemitério São Lucas. Não na entrada da frente. Ordenaram ao piloto automático que parasse ao fundo. Haviam passado numa ferragista e comprado as ferramentas. Tudo seria feito em absoluto segredo, pois não tinham a autorização judicial para a exumação. Do local onde estavam, escondidos atrás de algumas lápides, puderam acompanhar a última cerimônia de enterro do dia. Logo após o fim da cerimônia, viram os convidados deixarem o local, seguidos, cerca de meia hora mais tarde, pelo coveiro. Chegara, então, a hora de entrarem em ação. Tobias liderou o caminho até a lápide onde estava escrito: "Saulo Loureiro. Nascido em 13 de Agosto de 2001. Falecido em 28 de Julho de 2058". Saulo olhou para Tobias e uma lágrima escorreu-lhe pela bochecha esquerda. Tobias balançou afirmativamente a cabeça e Saulo deu o primeiro golpe com a pá. Vinte minutos depois, a pá atingiu a madeira do caixão.

Um filme, dos grandes, passou na cabeça do menino. Cenas de exumação de novelas, noticiários e até de um episódio de Arquivo X, que havia assistido recentemente, vieram-lhe à mente. Custava-lhe, ainda, a acreditar em tudo aquilo. Seus colegas estariam todos, naquele momento, sonhando com os heróis do último jogo de videogame ou que haviam, finalmente, conseguido conquistar a menina mais bonita da sala. No entanto, ele estava ali, prestes a ver o próprio corpo, cuja vida fora ceifada criminosamente. Lembrou-se das pescarias com o pai. Como gostaria de estar no lago, esperando por uma tilápia morder a isca, enquanto conversava com seu velho, seu melhor amigo. Sentiu, em vez do puxão da tilápia, um leve tapa no ombro e ouviu a voz de Tobias:

— Filho, você não precisa fazer isso. Posso fazer por você.

Saulo tirou o braço de Tobias de seu ombro, segurou o pé-de-cabra firmemente e disse:

— Foi para isso que eu vim. Vamos acabar logo com isso.

O pé-de-cabra forçou a tampa do caixão, que começou a mover-se. Tobias ajudou-o e a mesma revelou a parte interna do caixão. Os dois entreolharam-se, olhos arregalados. Nada foi dito. Nada precisou ser dito. Não havia nada no caixão. Nem corpo, nem vermes.

5

"Sabores do sul". Era esse o nome da primeira lanchonete que encontraram. Lágrimas correram pela face do garoto no trajeto do cemitério até ali. A simpática garçonete-robô digitou o pedido no dispositivo eletrônico e deixou a mesa dos dois.

O próprio Saulo, olhos ainda molhados e brilhantes, rompeu o silêncio:

— E agora, o que faremos? O plano não deu certo. Não sabemos onde está o corpo. Pode estar em qualquer lugar.

— Não sei. Não contava com isso. Provavelmente os renegados previram nossa ação e removeram o corpo. Precisamos pensar em algo e agir rápido.

— Para onde podem ter levado o corpo? Alguma ideia?

— Não para um local próximo daqui. Poderíamos acionar as autoridades. Profanação de cadáver é crime. Não ficariam por aqui esperando ser pegos.

— Faz sentido. Mas por onde começamos, então?

— Ainda não sei. Nessa condição de materializado que adotei para te auxiliar, minha visão restringe-se ao mundo material daqui. Eu conheço uma pessoa, encarnada, que possui a visão. Vocês a chamariam de sensitiva. Podemos visitá-la e ver se ela consegue nos ajudar de alguma forma.

Saulo comeu a última parte do seu lanche e bebeu seu suco de laranja artificial. Aquilo era apenas parecido com comida. Nada que se aproximasse dos sabores com os quais estava acostumado em seu "quando".

— Acho que vale a tentativa. Deixe-me ir ao banheiro e, então, poderemos partir.

Enquanto Saulo não voltava, Tobias pensava na situação. A vidente teria que lhes dar alguma pista. Era a única chance de conseguirem. Estava triste pelo menino. A carga emocional era enorme para o garoto. Se aquilo não acabasse logo, a perturbação poderia deixar sequelas irreparáveis nele, quando estivesse de volta ao seu tempo.

Saulo se recompôs, lavou o rosto e enxugou. Respirou fundo e saiu do banheiro, pensando no próximo passo que dariam. Mal passou pela porta e sentiu um pano fortemente pressionado contra sua boca e nariz, ao mesmo tempo em que o forte cheiro de éter entrou pelas suas narinas. Então, tudo escureceu...

A algumas quadras dali, uma vidente assistiu, em transe, à cena de dois homens raptando o garoto no banheiro e fugindo com ele pelos fundos, entrando em um carro azul e se dirigindo ao norte. Em seu celular, guardou o número da placa do veículo. Então, saiu do transe e pensou: "Meu amigo, venha logo!"

Não tardou muito tempo para Tobias dar falta de Saulo e procurá-lo no banheiro. Não o encontrando ali, já imaginou o que teria acontecido. Saiu da lanchonete e dirigiu-se à casa da vidente. No caminho, enquanto o veículo se locomovia para o endereço fornecido, ele avaliava a situação. Aquilo era uma missão que recebera e, até o momento, estava falhando. Era sua responsabilidade auxiliar o garoto na recuperação do corpo. Saulo precisava encontrar algum sinal, alguma informação que o levasse a descobrir, de volta a seu tempo, a cura! E isso tinha que ser antes que os renegados o pegassem. Dessa vez tinha que ser assim, deveria ser ele a descobrir a cura. Estava escrito. Se falhasse, a doença poderia dizimar a raça humana.

O carro parou em frente a uma casa humilde, de fachada branca. Tobias desceu e apertou o botão de uma espécie de interfone:

— Mariana. Sou eu, Tobias. Sinto que já me espera!

A porta imediatamente se abriu e uma mulher com rosto já velho, coberto por cabelos grisalhos, sorriu-lhe:

—Já era hora, meu velho amigo. Estava te esperando. Entre.

Tobias, rapidamente, colocou Mariana a par da situação. Mariana serviu-lhe um copo d'água, enquanto dizia, apressada:

— Tive uma visão há pouco. Era um garoto sendo raptado por dois homens. Eles deixaram a lanchonete onde vocês estavam em um carro azul, com essa placa – Disse, enquanto entregava-lhe o papel – Foram pela avenida perimetral, sentido norte, saindo da cidade. Adoraria conversar mais com você, meu amigo, mas sinto que você precisa ser rápido. Todos nós dependemos disso.

Os dois se abraçaram. Tobias beijou-lhe a testa e agradeceu-lhe:

— Obrigado, Mariana. Mais uma vez você mostra a sua condição de elevação.

Tobias entrou no carro e passou as instruções ao piloto automático. O carro iniciou a acelerar bruscamente, mas Tobias ouviu um grito. Era Mariana, saindo da porta de sua casa para a rua, acenando. Foi correndo rumo ao carro, que já retrocedia rumo à casa.

— Tome isso – entregou a Tobias um pedaço de papel dobrado – Acabei de ter uma visão e transcrevi. Será útil.

— Obrigado. E adeus.

Mais uma vez, o veículo acelerou, dessa vez em definitivo. Tobias abriu o papel. Nele havia coordenadas de algum local, latitude e longitude. Logo abaixo das coordenadas, cinco letras: C-O-R-P-O. Sorriu levemente com o canto da boca e um fio de esperança lhe invadiu a alma. Se ele conseguisse recuperar o garoto, já teriam uma pista por onde recomeçar a busca.

6

Saulo acordou. Estava dentro de um carro, entre dois homens, no banco de trás.

— Quem são vocês? – Perguntou.

Não houve resposta.

— O que querem de mim?

Novamente, silêncio.

— Para onde estão me levando?

— Para nosso chefe – Respondeu o da direita – Agora fique quieto. Ou vai cheirar mais éter, rapaz.

Saulo obedeceu. Precisava manter-se consciente. "Pense em algo, Saulo. E rápido!", mentalizou, motivando-se. Olhou ao redor, procurando algo. Nada! Não havia nada que pudesse ser utilizado como arma ali. Discretamente apalpou os bolsos. Somente o celular no esquerdo e as chaves de casa no direito. Lembrou-se que uma das chaves era uma tetra, que tinha pelo menos cinco centímetros de comprimento. Poderia servir para algo. Pensou por mais um instante e montou um plano. Executou-o mentalmente e acreditou que poderia funcionar. Então, decidiu agir.

Os dois homens não esperavam pelo violento chute que Saulo deu na alavanca do câmbio automático do veículo. A alavanca se quebrou com o golpe e algo na caixa de marchas foi severamente afetado. O carro desacelerou bruscamente e Saulo, aproveitando a surpresa dos homens, cravou a chave tetra no pescoço do homem à sua esquerda. O sangue vermelho escuro, quase negro, jorrou em abundância. O homem à direita, recompondo-se da surpresa, tentou segurar Saulo, mas o garoto tinha isso já previsto no seu plano. Afinal, ele rodara o plano mentalmente, algumas vezes, antes de executá-lo. E o contra-ataque estava previsto! Antes que o homem o agarrasse, Saulo jogou-se violentamente contra ele, agarrando seu pescoço e batendo a cabeça do homem na janela do veículo. As trincas do vidro formaram algo que lembrava uma malha rodoviária. O impacto fora considerável. O homem da direita havia desmaiado.

O carro diminuiu a velocidade, mas não parou. Saulo teve a sensação de que a caixa de marchas havia travado em uma velocidade menor. Decidiu tentar operar o veículo, mas os comandos de "pare", "encoste", "desligue" e outros, não surtiram efeito. Talvez o veículo estivesse configurado para parar apenas no destino, caso qualquer problema acontecesse com os dois homens. No entanto, pensou, deveria haver alguma exceção, um *by-pass* do comando. Resolveu tentar uma simulação de necessidades fisiológicas. Afinal, essa era uma questão de dignidade!

— Pare, por favor. Tenho necessidades fisiológicas urgentes!

Uma luz se acendeu no painel e uma voz eletrônica disse:

— Procurando pontos de parada mais próximos... detectada estação de serviço a oitocentos metros.

Dessa vez, foi Saulo quem sorriu levemente com o canto da boca. Ele havia conseguido. O carro estava parando. E os dois homens estavam fora de combate.

7

O carro de Tobias movia-se a toda velocidade pela rodovia. Um pouco à frente, Tobias viu um carro azul com um menino ao lado, parado em uma estação de serviços à beira da estrada. Parou e correu em direção ao garoto, abraçando-o.

— Você está bem?

— Sim, mas há dois homens dentro daquele carro. Um deles pode acordar a qualquer momento. Acho que apenas desmaiou. O outro...não sei se está vivo. Saulo levantou a cabeça e olhou, com expressão de pânico, para Tobias.

— Você se defendeu, meu filho. São os renegados e as intenções deles com você não eram as melhores. Tenha certeza disso. Você fez o que tinha de ser feito. Venha, precisamos de algo antes de continuar.

Tobias entrou no carro azul e pegou os dois comunicadores dos renegados. O mostrador de carga dos dois aparelhos indicava um valor além da metade. Isso era bom! Colocou-os no modo silencioso e ensinou rapidamente ao garoto como utilizá-los.

— Eles serão úteis, caso nos separemos de novo!

Entraram no carro e Tobias passou as coordenadas que recebeu de Mariana ao piloto automático.

— Leve-nos até esse ponto.

O carro acelerou. Na tela, apareceu o local. Estavam a setenta e cinco quilômetros de lá. Durante a primeira metade do caminho, Tobias explicou a Saulo sobre Mariana, a visão e o papel com as coordenadas e a palavra C-O-R-P-O, enquanto Saulo contou sobre o rapto na saída do banheiro e como conseguira surpreender os dois homens e parar o carro. Na segunda metade do caminho, ficaram em silêncio. Uma grande interrogação pairava sobre o velho e o menino. O que encontrariam no local das coordenadas? Obviamente, não esperavam simplesmente encontrar um caixão sobre uma mesa, no meio de um gramado verde e sem ninguém por perto. Ao contrário, era bastante possível que o corpo, se é que houvesse um, estivesse guarnecido por alguns renegados. De qualquer forma, precisavam chegar ao local e reconhecer o terreno para tentar arquitetar qualquer plano.

A viagem foi muito rápida. O carro parou e eles verificaram a tela. As coordenadas estavam a trezentos metros dali. O local devia ser no meio do nada, onde o carro não conseguia acessar. Procuraram, atentos, em busca de algum caminho e encontraram uma pequena trilha do outro lado da rodovia. Saulo apontou a Tobias a trilha, com um balançar dos olhos naquela direção. Tobias assentiu com a cabeça, mas disse:

— Filho, estamos chegando. Pode ser que estejamos em perigo. Redobremos a nossa cautela.

Colocaram o carro atrás de um arbusto, para não chamar a atenção, atravessaram a rodovia e entraram pela trilha. Pássaros cantavam, alegrando a bonita tarde. Ladeavam uma fila de grandes eucaliptos, que se estendiam, em linha reta, até uma grande casa, que parecia ser uma espécie de sede de fazenda. Agora chegara a hora de arquitetar o plano!

— Tobias, aquela casa não está vazia. Eu sinto. Deve haver mais renegados lá dentro. O que faremos?

Tobias sabia que o menino estava certo. Não deixariam o corpo ali sozinho.

— Você tem razão. Devemos nos esconder e esperar até que saiam. Afinal, uma hora terão que sair. E, então, entraremos!

Encontraram um local para se esconder e esperaram. Enquanto o faziam, o sol percorreu boa parte de sua maratona diária. Após um pouco mais de duas voltas completas do ponteiro dos minutos, um dos comunicadores recebeu uma chamada. Tobias olhou para Saulo e torceu para que a chamada se originasse do interior daquela casa. Isso poderia significar algo bom. Alguns minutos depois um barulho, vindo de dentro da casa, confirmou a expectativa de Tobias.

— Silêncio, filho – Recomendou Tobias.

A porta da frente se abriu e, por ela, saíram dois homens com aparência similar à dos dois renegados que sequestraram Saulo. Um deles disse:

— Os dois já deveriam ter voltado com o menino. E não atendem a porcaria do comunicador.

O outro respondeu:

— Isso não me cheira bem, também. Mas vamos encontrá-los. Talvez tenha sido algum problema com o carro. Aquele piloto automático apresentou uma falha um dia desses.

— É verdade. Vamos logo. Temos que trazer o garoto e dar um fim nele.

Passaram, caminhando, perto de Tobias e Saulo, entraram em um carro à beira da rodovia e saíram, rumo ao local de onde o velho e o garoto tinham vindo.

Tobias murmurou:

— Vamos, filho. É agora ou nunca! Temos apenas alguns minutos até que encontrem o carro e os dois colegas deles. Voltarão como um raio.

8

Os dois, entendendo-se por olhares, deram a volta pela casa. Nos fundos encontraram uma porta. Saulo levantou o tapete, em busca da chave, mas não havia nada ali. Olhou ao lado e viu um vaso com orquídeas. Levantou-o e lá estava o que procurava. Olhou para Tobias e murmurou:

— Certas coisas não mudam com o tempo!

Saulo inseriu a chave, que girou suavemente. Ia abrindo a porta, quando Tobias abaixou-se e sussurrou-lhe:

— Cuidado. Ainda pode ter ficado alguém na casa.

Entraram. Estavam na cozinha. Uma bela cozinha. Saulo, embora já quase acostumado com aquele novo "quando", não conseguia deixar de se surpreender com aquelas maravilhas tecnológicas. Fornos sem nenhum botão, que funcionavam por comandos de voz. A geladeira era toda transparente e sobre cada alimento um holograma mostrava a temperatura real e a data de validade. Atravessaram a cozinha e chegaram a uma sala de dois ambientes. No primeiro, que era uma espécie de copa, havia uma mesa com uma grande caixa encima. Os dois entreolharam-se e fizeram um sinal de positivo. Apostariam tudo o que tivessem que o corpo de Saulo estaria ali. Mas, no outro ambiente da sala, havia um homem. Dormira assistindo um filme. O televisor era, na verdade, um holograma, que ia do teto ao chão. Tobias olhou para Saulo. Ia dizer-lhe que teriam que dar cabo do renegado. Não foi necessário. O garoto já voltava para a cozinha, de onde retornava, instantes depois, com um martelo de bifes. Aproximou-se, pé por pé, do renegado e, numa fração de segundo depois, ouviu-se a batida surda da madeira contra o osso. O homem gemeu e caiu. Nada mais que isso. Saulo disse para si mesmo: "Deus me perdoe". Tirou um dos cadarços da bota do homem e amarrou suas mãos atrás de seu corpo. Finalmente, voltaram à mesa com a caixa. Dez minutos haviam se passado, desde que os outros dois homens saíram. Tinham pouco mais de vinte minutos; talvez menos.

Tobias, quebrando o silêncio, disse:

— Vamos, temos que ser rápidos ou tudo terá sido em vão.

— Então vamos fazer tudo isso ter valido a pena.

Agarraram a tampa e a levantaram. Saulo por pouco não desmaiou ao ver o próprio corpo, morto, inerte. O cheiro era desagradável. Mas o garoto compreendia a situação o bastante para saber que tinha que ser forte. Só assim poderia antecipar a descoberta da cura para a doença.

— Bom, aqui estamos, eu vivo e eu morto, cara a cara. O que fazemos agora?

— Foi para isso que você veio, filho. Deve encontrar algum sinal, buscar uma intuição sobre a maneira como descobriste a cura. Feche os olhos e tente sentir algo.

Saulo obedeceu. Fechou os olhos, tentou concentrar-se. No entanto, nada lhe passou pela mente. Levantou a cabeça, abriu os olhos e olhou para o velho. Uma lágrima caiu-lhe pelo rosto.

— Nada! Não sinto nada.

— Insista. Paciência e serenidade, filho.

Tobias estendeu a mão direita sobre a fronte do garoto. Ficaram assim, imóveis, por alguns longos segundos. De repente, Saulo respirou fundo, retirou a mão de Tobias e, sentindo um novo sopro de esperança, disse:

— Se eu bem me conheço, devo ter deixado alguma marca. Algum sinal no corpo. É isso! Algo que apenas eu poderia entender.

Debruçou-se sobre o corpo, analisando cada parte, da cabeça aos pés. Nada chamava a atenção. De repente, Saulo percebeu uma pequena tatuagem atrás da orelha direita. Dobrou a orelha, retirou os cabelos dali e aproximou-se mais. Eram três letras: MBY.

Saulo pensou. De repente, deslocou a atenção da cabeça para o pé direito do corpo. Tobias, achando estranha aquela cena, franziu as sobrancelhas, enquanto Saulo abriu um sorriso:

— Acho que descobri o enigma!

— Pois diga. E rápido.

Tobias olhou no relógio. Não tinham mais que quinze minutos! Saulo prosseguiu:

— Meu pai, quando jovem, trabalhou em uma empresa no Paraguai e aprendeu um pouco de Guarani. Ele nos ensinou alguma coisa.

— Legal! Bom saber, mas o que isso tem a ver com nossa situação?

— MBY significa pé, em Guarani. Agora veja aqui no pé direito. Passe a mão aqui no dorso do pé. Sente? Tem alguma coisa aqui. Após uma rápida cirurgia, vamos descobrir o que é. Vai ser rápido, já que não precisaremos de anestesia!

Tobias foi até a cozinha e voltou com uma faca. Ele mesmo fez a incisão no dorso do pé do cadáver. Em poucos instantes retirou uma pequena peça.

— Um Chip – Disse.

— Sim, um chip com informações sobre a descoberta de uma grave doença!

— Tome, filho. Aqui está o que você veio buscar. Guarde isso com você!

9

Pouco mais de meia hora depois, estavam em uma estação de serviço. Não na que pararam quando Saulo foi sequestrado. Haviam tomado a direção oposta ao sair da casa onde estava o corpo. Comeram um lanche e tomaram um suco. Tobias, utilizando um aparelho parecido com os *tablets* de hoje, conseguiu abrir os arquivos que estavam no chip e os transferiu para a memória do celular de Saulo. Saíram da lanchonete e Saulo se dirigia para o carro, mas Tobias colocou a mão em seu ombro direito:

— Filho, não precisamos mais do carro. Venha.

Contornaram a lanchonete, em direção aos fundos e puseram-se atrás de algumas árvores.

— Aqui termina nossa jornada. Você não precisa mais de minha ajuda e agora deve voltar ao seu "quando". Guarde esses arquivos. Estude-os com atenção e faça o que tem de ser feito.

Saulo abraçou Tobias. Apertou-lhe forte.

— Obrigado, meu amigo. Nunca te esquecerei.

E, dessa vez, quem chorou foi Tobias. Ficaram abraçados por um tempo, ouvindo o vento nas folhas das árvores. O sol já se preparava para se por no horizonte. Foi Tobias quem quebrou o silêncio:

— Você é um guerreiro. Foi um prazer poder estar com você. Vá em paz.

— Mas como vou volt...

Não teve tempo de concluir. Tobias havia estendido a mão sobre sua cabeça e fechado os olhos. Uma névoa branca envolveu-os e tudo de repente escureceu.

10

O despertador tocou e Saulo caiu sentado na cama. O rádio relógio marcava 07:00h. Lembrou-se de tudo, como se fosse um sonho. Na verdade, era o que ele pensava que tivesse sido. De repente, lembrou-se do chip e dos arquivos transferidos para o celular. Essa era a forma de tirar a dúvida se aquilo realmente teria acontecido. Pegou o celular e, confirmando o que já esperava, encontrou uma pasta chamada "Cura". Abriu-a e encontrou várias fórmulas, diagramas, fotos e outros documentos. Sorriu e, cheio de esperança, foi escovar os dentes e preparar-se para o café da manhã.

Ao chegar à cozinha, encontrou seus pais, já à mesa.

— Bom dia, filho. Dormiu bem?

— Sim, Pai. E vocês?

— Como uma pedra – Respondeu a mãe.

Tomavam o café da manhã e conversavam, como sempre faziam, todas as manhãs, antes de Saulo ir para a escola e seu pai ir trabalhar.

— Pai, posso te fazer uma pergunta?

— Claro, filho.

— Não me leve a mal, mas você poderia aumentar o depósito mensal da minha poupança?

— Poderíamos discutir isso, Saulo. Mas por que a pergunta?

— É que finalmente decidi o que quero ser, e isso implicará em maiores gastos. Agora não tenho mais dúvidas, pai. Vou ser médico. E, depois de me formar, vou dedicar-me à pesquisa.

— Ora, mas isso é muito bom, garoto! — Abraçou o filho e a esposa se juntou, emocionada, ao semicírculo, enquanto o pai anotava um lembrete em sua agenda. Afinal, não poderia se esquecer de ligar para a sua gerente do banco e solicitar o aumento do valor do depósito mensal na conta do futuro pesquisador...

Sob o ipê

1

Era um ipê amarelo. A estação, primavera. O gigantesco tronco subia, muito alto, até encontrar o mar de flores amarelas, contrastando com o límpido céu azul. Ao homem que o contemplava, não parecia mais tão alto como há trinta anos, mas ainda era um belo exemplar. À época, ele corria pelo gramado, com as outras crianças, brincando perto do ipê e indo até o riacho que passava ao fundo.

Memórias começaram a vir à tona e, então, Joaquim sentou-se debaixo do grande ipê amarelo. Olhou para trás, em direção à velha casa sede da fazenda do tio, onde tantas vezes passara suas férias, com seus pais, algumas décadas atrás, quando ainda não havia, ali, eletricidade. Curiosamente, isso era algo que não fazia falta. Era sempre uma festa quando os pais de Joaquim davam a notícia de que iriam para a fazenda. A euforia já começava com os preparativos.

O primeiro item era o estilingue. Iniciava-se uma busca incessante pela forquilha perfeita. Para tanto, algum galho de jabuticabeira seria sacrificado. A melhor forquilha sempre vinha de uma jabuticabeira. Era a simetria quase perfeita. O próximo passo era pedir autorização ao pai para comprar, fiado, na caderneta, um pedaço de mangueira de látex na farmácia. Ele sempre deixava. Na volta, era só passar no senhor Carlos, o sapateiro da cidade, e pedir um pedacinho de couro. Com isso, Joaquim já tinha todos os materiais para o estilingue. Algumas horas depois, o estilingue estava pronto. E o nível de alegria estava nas alturas, juntamente com o da ansiedade de ir para a fazenda e começar a atirar pedras em qualquer coisa que voasse.

Quando chegavam era uma grande festa. A única criatura que não gostaria daquele momento seria a galinha que, certamente, a tia mataria para o almoço. Era praticamente um ritual. Ao verem o carro da família de Joaquim descendo o morro para chegar à fazenda, eles corriam atrás de uma das galinhas e esquentavam água no tacho para depená-la. Literalmente, ia para o caldo. E que caldo! Amarelo, saboroso. Muito diferente dos frangos dos mercados da cidade.

Além do caldo, o pão de queijo também estava garantido. Amarelo por dentro, feito com ovos caipiras, polvilho e queijo produzidos ali mesmo, na fazenda. Assado no forno a lenha, lá no quintal. Coisa fina!

Sobre a fornalha, na cozinha, um cabo de vassoura, encaixado no madeiramento do telhado, suportava vários rolos de linguiça do último porco abatido. Elas ficavam ali, salgadas e absorvendo a fumaça da fornalha, dia após dia, defumando-se, até irem complementar, juntamente com a pimenta, o arroz branco na panela de barro.

Claro que ainda havia a sobremesa. A tia, sempre que chegavam, separava um pouco do leite ordenhado naquela manhã e já colocava no tacho de cobre, que ia para o fogareiro, lá no quintal. E, então, a mulherada se revezava na colher do tacho, mexendo o leite até virar doce, moreninho. O doce ficava bom, mas a rapa do tacho era muito melhor que o próprio doce. Joaquim riu, lembrando-se de como se desligava do mundo, com a colher de madeira na mão, comendo o restinho de doce queimado nas paredes do tacho, até praticamente limpá-lo.

Mas não era só comida que a fazenda tinha de bom. Afinal, o estilingue ainda nem tinha sido usado. Após o almoço, era hora de catar as pedrinhas para encher o embornal. Apenas as pedrinhas de forma bem arredondadas passavam pelo olhar crítico de Joaquim. Era um conceito rudimentar de balística que todas as crianças dominavam. Antes de começar a atirar para valer, era necessário calibrar a mira. Qualquer embalagem encontrada no quintal era colocada sobre um mourão da cerca e virava alvo para os primeiros tiros. Depois, finalmente, era a vez dos pássaros. Pelo menos, era a vez da intenção de acertar algum pássaro, algo que Joaquim nunca conseguiu, a não ser de raspão em um pombo uma única vez, sem derrubá-lo. Teve até a impressão de que o pombo sacudiu a asa, riu dele e continuou voando.

De repente, a tarde chegava e era hora do banho. Não havia eletricidade, mas isso não significava que o banho não seria quentinho. O banheiro ficava atrás da cozinha e o calor da fornalha aquecia a serpentina ligada ao chuveiro. Joaquim, debaixo do ipê, praticamente podia sentir a aspereza do piso de concreto impressa na sola de seus pés descalços, quando tomava banho ali. Aquilo ficara marcado em sua memória, pois era muito diferente do piso liso da sua casa lá na cidade.

E, então, após um lindo pôr do sol, que costumava pintar o céu de tons alaranjados, vinha a noite. Era hora de acender as lamparinas. O cheiro de querosene invadia a casa. Após o jantar, todos se reuniam ao redor da mesa, para o jogo de truco. As cartas do baralho, já escurecidas pela fumaça das lamparinas, circulavam sobre a mesa, numa dança incompreensível para Joaquim, que também não entendia toda a gritaria que era parte daquele jogo misterioso. Era um tal de "Seis milhos", "Ladrão", "Meio Pau" e tantos outros gritos que não faziam nenhum sentido para Joaquim. Apesar disso, ele adorava aquela atmosfera da família reunida ali, naquele lugar.

Após o truco, era hora das mulheres e das crianças irem dormir. Os homens, ainda não. Faltava o principal, a cereja do bolo. A caçada! Chamavam os cães de caça da fazenda, arrumavam as armas, lanternas e saíam. Joaquim sempre chorava para ir com os homens, mas seu pai nunca deixava, alegando ser muito perigoso. Agora, sob a sombra do Ipê amarelo, Joaquim dava risada, lembrando-se de como ele sempre queria ir com eles. Por fim, acabava tendo que ir para a cama, onde ficava se remexendo, ouvindo o barulho do colchão de palha, até que o sono finalmente chegasse e o levasse por sonhos onde ele explorava todos os locais da fazenda, até que a manhã chegasse e tudo começasse novamente. O café da manhã, o leite recém-tirado, o estilingue, o almoço, o doce de leite, a pescaria, o truco e a caçada.

No dia de ir embora de volta para a cidade, todos acordavam tristes por ter que ir embora e já batia a vontade de voltar logo. Joaquim lembrou-se de como o pai acelerava o carro para vencer a subida que conectava a fazenda à estrada de cima. Tudo ainda estava muito fresco em sua memória, apesar do tempo.

2

Agora voltava-se à sombra do Ipê, um dos vários Ipês da fazenda, que, na primavera, pintavam, floridos, o cartão postal do qual nunca se esquecera. Muita coisa mudara ali, nas décadas que se passaram. Alguns se foram, poucos continuaram ali naquela casa, mas o firme Ipê era o símbolo forte, imóvel, daquele tempo que passou. O mesmo cheiro pairava no ar, a mesma atmosfera. Ajustou sua câmera e capturou a linda paisagem, que viraria um quadro e também protetor de tela de seu computador. Joaquim estava feliz por ter voltado ali. Sentiu uma certa tristeza pelo tempo que nunca mais voltaria, mas lembrou-se da frase que levava como filosofia de vida: "Tudo passa". As coisas ruins e as boas também. Visualizou a foto no *display* e gostou do resultado. Ao menos, teria uma lembrança visual daquela visita à fazenda. Tirou seus óculos escuros, secou a lágrima que escorria, recolocou os óculos e caminhou em direção à velha casa, onde sua esposa e seus dois filhos o esperavam. Agora havia, além da velha casa, uma nova, construída depois. Havia também eletricidade, embora a casa velha conservasse a fumaça preta das lamparinas dos velhos tempos na madeira do telhado da varanda, como mais uma evidência de um tempo que se foi. Colocou as crianças no carro, ligou o motor e partiu, acelerando o carro, tal como o pai fizera várias vezes. Pelo retrovisor, viu, uma última vez, o lindo pôr do sol e as montanhas em forma de zigue-zague, com palmeiras aqui e ali. Ao fundo, a sede da fazenda, cada vez menor no espelho. No banco de trás, as crianças jogando videogame, alheias a toda a emoção que irradiava de Joaquim. "Gerações", pensou. Aumentou o volume da música caipira, olhou para sua esposa, que lhe sorriu, e acelerou, tentando deixar toda aquela nostalgia para trás e disse para si mesmo: Isso também passa!

Fantasia

1

O celular de Douglas vibrou. Em um movimento totalmente automatizado, ele passou o indicador sobre a tela do aparelho, desenhando o complicado padrão de desbloqueio. A mensagem era de Camila e vinha de três fileiras de cadeiras à frente. Douglas e Camila cursavam o primeiro ano no ensino médio e, assim como milhões de brasileiros, tinham algo melhor a fazer durante uma aula de História: paquerar. No auge dos seus quinze anos e com hormônios à flor da pele, a aula de História ficava em segundo plano.

A mensagem dizia: "Vamos passar no lago hoje à tarde, após a aula?". O lago ficava próximo à escola e no caminho para casa. Eles tinham se encontrado ali, recentemente, um par de vezes. O local era lindo. Havia uma pista de caminhadas e uma ciclovia que circunscrevia uma larga faixa de gramado, onde havia bancos de frente para o lago e as montanhas, ao fundo. O dia estava lindo e Douglas, sem hesitar, respondeu à mensagem: "Claro, vamos sim. Apenas tenho que levar a Priscila. Tudo bem?" Camila riu ao ler a mensagem. Priscila era a irmã mais nova de Douglas. Tinha treze anos e se dava muito bem com Camila. As duas famílias moravam no mesmo bairro e as meninas se conheciam havia muito tempo. "Claro, sem problemas", foi a resposta. "O Joca também vai". Douglas, três fileiras atrás, franziu as sobrancelhas. João Carlos não era o que ele podia chamar de amigo. Nunca tinham se estranhado e até se davam bem, mas o irmão mais velho de Camila, um ano mais velho que eles, sabia do início da paquera dos dois e vinha mostrando um pouco de ciúmes. Douglas respondeu com um falso, mas necessário, "Tudo bem. A gente se encontra no portão, ao final da aula". Camila confirmou com um "Ok" e levantou o rosto para a professora. Não que ela estivesse ouvindo a velha e dedicada senhora explicar sobre a Inconfidência Mineira e o esquartejamento de Tiradentes. Seu pensamento viajava até o lago e via-se sentada em um dos bancos sobre o gramado, abraçada com Douglas, seu primeiro amor, aos beijos e carícias. Chegou a pensar em tentar acompanhar a aula, mas decidiu continuar virtualmente no lago. Afinal, aquele banco estava muito confortável, a companhia era boa e ela poderia ficar o resto do dia ali. Ela estudaria a Inconfidência depois, na Internet, e tiraria a nota suficiente para ser aprovada. Isso seria o bastante. Seu interesse era em exatas, mais especificamente em informática. Assim, Camila continuou com o pensamento longe até que, finalmente, o sino tocou.

Em cinco minutos, estavam os quatro reunidos em frente ao portão da escola. A saída era como uma avalanche de crianças e adolescentes. A rua, que era tranquila durante o horário das aulas, tornava-se a mais barulhenta do bairro da pacata Vila Azul. O ritual era sempre o mesmo, dia após dia. Douglas, Camila, Joca e

Priscila misturaram-se à multidão e, em pouco mais de quinze minutos, chegaram ao lago. Não havia praticamente ninguém ali, à exceção de um casal de velhinhos que caminhava à margem do lago e um cara com uma câmera tentando fotografar alguns pássaros em voo. Fazia frio naquela tarde de inverno e a maioria estava em casa, preparando-se para encarar a noite, que não demoraria a chegar.

Joca tirou o fone do ouvido direito, e foi logo combinando:

— Enquanto vocês ficam aí, vou caminhar um pouco e contornar o lago. Quer vir comigo, Priscila? Assim, os pombinhos podem ficar mais à vontade.

Priscila topou e Joca recolocou o fone, não sem antes baixar um pouco o volume do metal progressivo que ouvia, até o nível que o permitiu conversar com Priscila, enquanto caminhavam.

— Enfim, sós – Disse Camila.

Douglas respondeu com um beijo, daqueles que se dá quando se tem quinze anos. A um adulto, pareceria que o mundo estaria chegando ao fim para aquele jovem casal e aquele seria o último beijo. Por fim, os lábios se descolaram e Douglas quebrou o silêncio:

— Engraçado como o Joca foi camarada.

— Sim. Ele já aceitou bem a ideia. Disse que você é um cara legal. Melhor assim do que com um desconhecido.

— Sério? Bom saber.

Sentaram-se num banco e ficaram ali, contemplando o lago e conversando, enquanto Joca e Priscila contornavam o lago. Falaram sobre filmes, músicas, baladas, viagens e tudo aquilo que os adolescentes gostam.

Meia hora depois, Joca e Priscila completam mais uma volta e convidam os namorados para irem embora.

Douglas coloca sua mochila e a de Camila nas costas e os quatro saem juntos.

De repente, Priscila vê uma ave machucada à beira da água.

— Vejam! Um ganso machucado...

— Não é ganso. É um marreco. Um filhote – Corrigiu Douglas.

— Seja lá o que for, está machucado.

O pobre animal arrasta o que sobrou de uma das patas. Provavelmente tinha sido atacado por um cão, ou até mesmo um gato maior.

— Vamos ajudá-lo, Joca? – Sugeriu Priscila

Joca, concordando, desceu até a margem para tentar agarrar o pobre animal. O marrequinho, assustado, afastou-se, com dificuldade, entrando em uma grande manilha, que despejava a água do sistema de tratamento de efluentes no lago. Após tirar os fones e guardá-los na mochila, Joca entrou na manilha. Priscila foi atrás, para ajudá-lo. Estava muito escuro lá dentro, mas podiam ver a silhueta do marreco.

— O cheiro não é dos melhores – Disse Priscila, puxando a gola da camiseta até o nariz, para tentar filtrar o ar.

— Verdade. Vamos pegá-lo e voltar rápido! – Joca também usava a técnica da camiseta-máscara.

Do lado de fora, Douglas e Camila gritavam:

—Joca! Priscila! Pegaram o bichinho? Vamos logo com isso...

Como não tiveram resposta, Douglas resolveu olhar dentro da grande manilha. Abaixou-se e entrou. Não podia ver nada a mais que três metros de distância. Gritou novamente:

— Ei! Vocês estão ouvindo?

— Devem ter seguido o bichinho – Disse Camila

—Não podem ter ido tão longe. É escuro, abafado e cheira mal. Estranho isso. Vou entrar para ver melhor. Abaixou-se e entrou na manilha. Camila foi logo atrás.

Joca viu uma luz, que parecia ser a saída do outro lado, mas a silhueta do marrequinho tinha desaparecido. Continuou andando pela manilha e atingiu a saída. Ao sair, no entanto, e colocar-se ereto novamente, sentiu seu coração quase parar de bater! Sua mãe diria, se estivesse ali, que seu rosto estaria verde! Priscila saiu também, na sequência, e os dois entreolharam-se, incrédulos. Não estavam mais em Vila Azul!

Olhando ao redor, o que viram era muito diferente da paisagem do lago. A começar por não haver mais lago. O que viam à sua frente era um terreno árido, com muitas rochas, pequenas e grandes. O tipo de solo lembrava a Joca o que conhecera no norte do México, anos atrás. Não havia árvores. Pelo menos, não havia árvores como as que eles conheciam. Só se viam pequenos arbustos, aparentemente com menos de um metro e meio de altura. A paisagem era algo que ficava entre um cerrado e um deserto. Ao fundo, bem longe, podiam ver uma cadeia de montanhas que ocupava quase toda a linha do horizonte. Voltando-se para o lugar por onde chegaram ali, não encontraram mais nenhuma manilha. Ao invés disso, o que viram foi uma caverna, da qual saíam, agora, Douglas e Camila.

— Que é isso? – Disse Camila

Joca foi logo dizendo:

— Não sei que lugar é esse, mas acho melhor voltarmos por onde viemos.

Deram meia volta e entraram de volta na caverna. Andaram por aproximadamente dez metros, em busca da conexão com a manilha, mas o que encontraram foi uma parede de rochas brutas. Douglas ligou a lanterna de seu celular e puderam confirmar que estavam em um beco com não mais de quatro metros de largura e dez de comprimento, do qual a única saída era a que dava para o estranho local de terreno rochoso.

— Impossível – Disse Camila. – Acabamos de passar por aqui, vindos do lago!

Douglas esmurrava a parede e berrava:

— Ei, tem alguém aí do outro lado?

Todos se uniram a ele, fazendo do grito um coro.

No lago, o casal de velhinhos passava, nesse instante, ao lado da manilha. Notaram um marrequinho com a perna machucada saindo da manilha e tiveram pena do bichinho; não ouviram nenhum ruído saindo lá de dentro.

Do outro lado, cansados de gritar, os amigos saíram novamente da caverna. Priscila começava a chorar e perguntou, em meio a lágrimas escorrendo pela face:

— E agora, o que fazemos?

— Não vejo outra saída a não ser caminhar rumo àquelas montanhas e ver o que há do outro lado – Sugeriu Joca — Temos que tentar encontrar alguém.

— Mas e se não encontramos nada, Joca? Nem água nós temos. Isso parece um deserto – Respondeu Camila.

— Alguém tem uma ideia melhor? Se ficarmos aqui não teremos água, nem comida, nem onde dormir...

Nesse momento, Douglas interrompeu:

— Ei, repararam no sol?

— O que tem o sol? – Perguntou Priscila.

— Ele é maior que o que conhecemos. E ele parece estar perto da posição de meio-dia. Quando passamos pela manilha já era fim de tarde.

— Espere aí, você está dizendo que não estamos mais no nosso mundo? Tipo a turminha do mágico de Oz? – Priscila havia assistido o clássico recentemente e não pôde deixar de soltar a metáfora.

— Priscila, não sei o que dizer quanto a isso, mas concordo com o Joca. Devemos fazer algo, e rápido. Quanto antes chegarmos ao outro lado das montanhas, mais rápido poderemos entender o que aconteceu conosco.

— Bem, acho que chegamos a um consenso – Camila disse, agarrando sua mochila que ainda estava nas costas de Douglas – Vamos andando.

2

Os quatro amigos começaram a caminhar, rumo às montanhas à frente. Após caminharem por cerca de uma hora, começaram a sentir sede. Douglas tinha um pequeno canivete na mochila e conseguiu cortar um cacto no caminho, do qual saiu uma pequena quantidade de líquido. Decidiram, por prudência, que apenas um do grupo tomaria daquele líquido. Caso houvesse alguma reação, os outros três poderiam ajudar a pessoa que tomasse.

— Quem está com mais sede? – Perguntou Camila.

— Não sei se alguém está com mais sede que eu, mas eu sou a pessoa que deve tomar. Sou a que menos poderá contribuir, caso algo dê errado. – Era Priscila, que, apesar de ser a mais nova do grupo, era muito esperta e já não era mais o que se pode chamar de criança.

O grupo concordou e Priscila, com os olhos fechados, sorveu o líquido denso que saiu do cacto.

— Parece água – Disse.

— Ótimo – Disse Camila. – Tem vários desses pelo caminho. Vamos continuar e, caso Priscila não passe mal, todos poderemos nos hidratar mais à frente.

Seguiram rumo à montanha. Pelo caminho viram algo passar voando. Não puderam identificar o que era. Parecia muito maior que uma ave e voava muito, muito alto. Pelo menos era alguma forma de vida e isso os dava certa esperança de encontrar alguém ali, pois, até aquele momento, não haviam visto nenhuma forma de vida animal.

Continuaram por mais algum tempo e, como Priscila não sentira nada de errado com o líquido do cacto, todos beberam ao encontrarem outro mais à frente. Restabelecidos, seguiram e, duas horas depois, chegaram às montanhas. A subida foi difícil. Carregavam as mochilas da escola e estavam com roupas adequadas ao frio que fazia, naquele dia, em Vila Azul. Ali, ao contrário, o calor era intenso.

Por fim, chegaram ao topo das montanhas. E o que viram trouxe-lhes um sentimento confuso. Queriam encontram alguém que os pudesse ajudar, mas, ao mesmo tempo, tinham receio de quem encontrariam ali. De qualquer maneira, o que viram era melhor do que descobrir que teriam outro vale desértico à frente, para atravessar. Descendo as montanhas, havia um rio, no vale lá embaixo. Do outro lado do rio, havia algo que parecia uma cidade. Não era como as cidades que conheciam, mas sabiam que não se tratava simplesmente de árvores que estavam naquela formação aglomerada. Camila tirou uma foto com seu celular, utilizando o máximo que seu zoom podia dar. Colocou a imagem na tela e com o polegar e o indicador, aumentou-a mais ainda. Não tiveram dúvida: havia alguém vivendo ali! Era perceptível o aglomerado de espécies de construções e seres passando por entre essas construções.

Era visível o medo em cada um dos adolescentes. Douglas falou primeiro:

— Temos que chegar lá. É nossa única saída. Aqui não temos onde ficar, nem o que comer. Lá, se forem amistosos, talvez consigamos algo.

Desceram a montanha e, em alguns minutos aproximaram-se da margem do rio. A água era quente. Embora não precisassem nadar (havia uma ponte a aproximadamente duzentos metros a montante de onde estavam), até tiveram vontade, devido à temperatura agradável da água. Atravessaram a ponte e, quando estavam a aproximadamente quinhentos metros da entrada da cidade, notaram um dos seres saindo de lá e vindo na direção em que estavam.

Rapidamente, esconderam-se atrás de uma grande rocha e esperaram, em profundo silêncio. Era a chance de verem de perto que tipo de seres eram aqueles e com o que estavam lidando.

Quando ele se aproximou o suficiente e passou a pouco mais de dez metros da rocha onde estavam escondidos, puderam ver que ele não andava. Estava cavalgando em uma espécie de camelo, porém maior. O ser era muito parecido com eles, podendo ser confundido com um humano, apesar de algumas diferenças que logo perceberam. A pele era muito mais surrada, cheia de manchas e pequenos caroços que pareciam verrugas. Joca, a princípio, suspeitou que isso pudesse ser o efeito de algum tipo de radiação a que estivessem submetidos ali, mas acabou por ficar com a hipótese de ser efeito do grande calor daquele local. O ser tinha em torno de um metro e cinquenta centímetros de altura, mais ou menos a altura de Priscila. Bem menos que o um metro e oitenta de Joca. Presa à arreata do animal que o levava, havia uma lança adornada com a extremidade feita do que parecia ser um metal reluzente. O ser passou sem percebê-los. Continuaram quietos até que ele desaparecesse, rumo à direção da qual eles tinham vindo.

— Viram aquilo? – Camila rompeu o silêncio.

— Sim – Respondeu Douglas. – Não parece ser agressivo, apesar do aspecto estranho.

— Mas vocês viram a lança? Ele estava armado.

— Sim, Priscila, mas isso não quer dizer que seja agressivo. Talvez seja um guarda ou esteja saindo para caçar, ou, ainda, a arma seja apenas algum tipo de defesa contra eventuais animais selvagens.

Joca interrompeu-os:

— De qualquer forma, não temos alternativa. Vamos entrar nessa cidade e ver se conseguimos alguma explicação para o que aconteceu com a gente.

E, assim, os quatro amigos caminharam rumo à cidade. Entraram pelo que parecia ser a rua principal. As ruas não eram pavimentadas. As construções seguiam o conceito de quadras, tal qual estavam acostumados a ver. Não havia movimento na rua, provavelmente devido ao sol escaldante, apesar de já ser fim de tarde. Viam janelas se fecharem e tinham a nítida sensação de estarem sendo observados. Um pouco à frente viram algo que parecia ser um bar. Lembrava um saloon do velho oeste. Do bar saía um som diferente, rítmico, que, pensaram eles, devia ser a música do local. Olharam um para o outro e, com um sinal de cabeça, concordaram em entrar.

O salão era enorme. Do lado esquerdo, numa espécie de palco, dois sujeitos tocavam instrumentos que lembravam uma harpa enquanto outro entoava uma espécie de canto. Do lado direito, em torno de 30 pessoas, divididas em mesas, comiam, bebiam e conversavam. As vestimentas que usavam eram todas pesadas, aparentemente com uma espécie de tecido e peças de couro por cima. Praticamente apenas podiam ver o rosto e as mãos das pessoas. Aquilo parecia ser uma proteção necessária para o sol intenso lá de fora. Ouviam as pessoas conversarem e conseguiam compreender, com dificuldade, o que diziam. Não falavam a mesma língua que os jovens, mas, de alguma forma, eles conseguiam captar pelos menos fragmentos das frases e entender o contexto. Era como se um brasileiro que nunca estudou espanhol estivesse chegando à Argentina pela primeira vez. Com dificuldade, e muitos gestos, ele se comunicaria. À frente, havia um balcão e um atendente. Começaram a caminhar rumo ao balcão. Um dos seres, que portava uma lança parecida com a do primeiro ser que viram antes de entrar na cidade, saiu do salão assim que os quatro amigos entraram. A música não parou, mas todos os que ali estavam olharam com espanto para os jovens. Assim como aqueles seres eram muito diferentes para os meninos de Vila Azul, estes eram, também, considerados estranhos pelos habitantes daquele local.

O balcão era sujo. Alguém havia vomitado no chão, próximo de onde estavam. O cheiro do vômito, ainda quente e azedo, invadiu as narinas de Camila que, por pouco, não deu à mancha no chão uma irmã gêmea.

O sujeito atrás do balcão olhava-os com espanto. Tinha um pano pendurado no ombro esquerdo e, na mão direita, outro pano secava um copo.

— Água, por favor – Pediu Joca – Para nós quatro.

O barman entendeu o pedido e trouxe uma jarra de cerâmica cheia de água fresca; Os quatro beberam. A água desceu e renovou-os.

— Vocês não são daqui, certo? – Perguntou o homem do balcão.

— Não – Respondeu Douglas – Difícil explicar. Entramos em uma manilha e de alguma forma viemos parar em uma caverna a uns cinco quilômetros daqui.

—Não é a primeira vez que ouço isso. Não conheço vocês, mas sugiro que deem o fora. Já!

— Mas...

— Sem "mas", garoto. Vocês não parecem perigosos, mas nem todos aqui pensam como eu. Se não saírem logo e voltarem para o local de onde vieram, as coisas não vão terminar bem para vocês.

Os amigos entreolharam-se e decidiram seguir o conselho do barman. Deram meia-volta e caminharam para a saída do bar.

A música continuava, embora a maioria das pessoas não tirassem os olhos deles.

Não deu tempo de saírem. Enquanto caminhavam rumo à porta, ela se abriu e cinco seres fardados entraram no estabelecimento, liderados pelo homem com a lança que havia saído quando os quatro amigos chegaram ao bar.

— Mãos ao alto e não usem nenhuma arma — Não foi exatamente o que o homem da lança pronunciou, mas foi o que eles entenderam – Vocês estão presos, em nome da segurança dos habitantes de Ashabok.

— Ei, calma aí! O que foi que a gente fez? Pelo menos nos expliquem que lugar é esse! Viemos parar aqui por acaso. Estamos em paz. Nem armas nós temos. Queremos direito de defesa.

— Calma, Douglas – Disse Camila. – Não temos escolha. Veja as armas deles. Temos apenas nossas mochilas.

— Somos um povo pacífico, mas vocês são perigosos para nosso mundo. Não é a primeira vez que encontramos demônios como vocês. O disfarce de inocentes crianças não vai funcionar. Guardas, levem-nos para o calabouço.

Priscila, muito assustada, foi amarrada aos prantos. Joca, Douglas e Camila não resistiram e tentaram confortá-la.

Foram amarrados um no outro com uma espécie de corda, com meio metro de folga entre cada um. Saíram do bar puxados, pelos guardas, pela rua empoeirada da cidade. Várias janelas se abriam, mostrando olhares curiosos a acompanhar a procissão rumo ao calabouço. A cidade era pequena, pouco maior que uma vila. Não demoraram mais que dez minutos para chegar. Entraram no prédio, passaram por uma sala e chegaram a um corredor, onde havia celas dos dois lados. O teto era baixo, aproximadamente dois metros, o que era adequado à altura dos habitantes de Ashabok, mas um tanto sufocante para os meninos. O ar era úmido e cheirava a mofo. Foram todos jogados em uma única cela. O baque do portão de aço sendo trancado disparou nova crise de choro em Priscila, dessa vez acompanhada por Camila.

Joca colocou o rosto nas grades, no que foi seguido pelos outros, e observaram. Eram quatro celas. Duas do lado direito e duas do esquerdo. Estavam na segunda cela do lado direito. A cela em frente estava vazia. Na primeira cela da esquerda havia alguém deitado. Não podiam ver dentro da primeira do lado direito, pois era a que fazia divisa com a deles por uma parede, mas puderam ouvir uma voz que os permitia concluir que era alguém de Ashabok ou, pelo menos, daquele mundo, pois falava da mesma forma que eles.

Douglas rompeu o silêncio, tentando animar os amigos:

— Deve haver alguma forma de sairmos. Nenhuma prisão é infalível. Já fugiram até de Alcatraz, lembra do filme?

— Cara, você viu a robustez dessas grades? – Joca questionou – Nunca conseguiríamos na força bruta.

Camila, enquanto consolava Priscila, comentou:

— Em muitos filmes, as pessoas fogem de prisões por dutos de ventilação. O problema é: estão vendo algum? Não temos nem ventilação nesse lugar!

Nesse momento, ouvindo a conversa, o ocupante da primeira cela da esquerda se levantou e passou a ouvir a conversa. Era a vez de Joca comentar:

— O chão é de terra. Poderíamos escavar, mas nem ferramentas nós temos. Demoraria meses.

— Resta uma única chance – Disse Camila – Acredito que nos trarão comida e água. Num desses momentos, simulamos que algum de nós está passando mal e quando entrarem tentamos render os guardas.

— Mas, Camila, – Disse Priscila, recomposta – nós não temos armas! Vocês estão falando de filmes. Nossa situação é diferente. Você se lembra daquelas lanças? Parecem cortar como navalha.

— Que tal se usarem uma chave para abrir a cela e saírem?

Os quatro entreolharam-se, incrédulos.

— Quem disse isso? – Joca quase gritou

— Aqui, na outra cela – A voz respondeu.

Voltaram-se para a grade. Já começava a escurecer. Na primeira cela à esquerda viam, agora, um velho com cabelos longos e grisalhos, que tinha se levantado. Utilizava sandálias de couro e uma espécie de túnica. Tinha a altura de Joca e não falava como os locais.

O velho sorriu e disse-lhes:

— Então, o que acham da minha proposta?

— E onde conseguiríamos uma chave? — Perguntou Camila

— Posso fazer uma. O que vocês têm nessa mochila? Por acaso têm algum objeto em aço?

— Cara, você pirou e está brincando com a gente?

— Apenas digam se têm. Talvez possamos sair daqui. Também não quero passar o resto dos meus dias nesse porão.

Nesse momento, Priscila e Camila já estavam com as mochilas abertas procurando por algo. Estavam na linha do "Pior do que está, não pode ficar. Não custa tentar". Encontraram lápis, canetas, borrachas, cadernos, livros, mas nada que fosse de puro aço. Em outro compartimento, Priscila encontrou uma pequena tesoura de aço. Separou-a. Isso animou os meninos, que abriram suas mochilas e também começaram a procurar. Douglas achou uma escala, também de aço. Joca tirou os espirais de todos os cadernos que encontrou. Juntaram a tesoura, a escala e os espirais e mostraram ao velho. Ele movimentou a cabeça afirmativamente.

— Joguem-me isso! – Disse

Fizeram um bolo com os objetos, amarrando-os todos juntos com um dos espirais. Douglas jogou os itens pela grade. O bolo de aço caiu próximo à grade da cela do velho, que se abaixou e o apanhou, colocando-o no centro da cela. O que os jovens viram a partir de então, marcou-os pelo resto de suas vidas. O velho estendeu as mãos sobre os objetos e uma aura alaranjada irradiou-se sobre os mesmos. As formas de espiral, tesoura e escala se fundiram em uma esfera de metal líquido. O velho pegou a esfera e a pressionou contra a ranhura da fechadura. Inspirou profundamente, com os olhos fechados, concentrado e soprou. Um ar gélido saiu de sua boca em direção à fechadura, resfriando o material dentro dela, que se solidificou. Ao final, puxou o material e o que estava em sua mão era uma chave. Os jovens entreolharam-se, incrédulos.

— Durmam e descansem, meninos. Sairemos de madrugada, enquanto eles dormem – Disse o velho.

— Pelo menos nos diga seu nome e de onde você veio! – Questionou Douglas.

— Amanhã teremos tempo para isso e muito mais. Por enquanto, descansem.

3

Eles bem que tentaram, mas não foi fácil dormir. Joca pensou que estava em um sonho, como acontece em filmes e desenhos animados. Douglas e Camila se abraçaram, buscando se confortarem. Priscila, com sua cabeça cartesiana, insistia em entender como o velho não havia queimado as mãos. Em meio a pensamentos e dúvidas, chegou o cansaço e acabaram dormindo. Foram acordados no meio da noite pelo velho.

— Vamos, meninos, está na hora.

O velho, utilizando a chave fabricada na véspera, abriu a fechadura de sua cela e se dirigiu à cela dos meninos, abrindo-a na sequência.

— Sigam-me, disse ele, e seguiu pelo corredor, rumo à saída da prisão. O guarda dormia, sentado e apoiado sobre a mesa. Passaram com cuidado por ele e ganharam acesso à rua. Saíram da via principal e caminharam rápido, porém sorrateiramente, por entre vielas, buscando sair logo da cidade. Estavam nas últimas quadras quando um homem, aparentemente bêbado, saiu de uma rua, dando de frente com eles.

— Ei, vocês não são aqueles forasteiros que apareceram no bar ontem pela tarde? Vocês fugiram da prisão? Vou chamar o...

O homem não conseguiu concluir a frase. O Velho estalou os dedos para ele e olhou em seus olhos. Imediatamente, o bêbado bocejou e amoleceu, caindo na rua e dormindo profundamente. Os fugitivos continuaram sua caminhada e rapidamente saíram da cidade, olhando sempre para trás, em busca de alguém que os estivesse seguindo. Felizmente, ninguém, fora o bêbado, parecia estar acordado àquela hora. Priscila se aproximou do velho e parou em sua frente. Segurou suas duas mãos e olhou-as incrédulas.

— Você não devia tê-las queimado, quando derreteu o metal para fazer a chave?

— Sim, se eu fosse de seu mundo, menina. Mas venho de uma terra muito distante. Já estudou termodinâmica, transferência de calor, fenômenos de transporte? Tudo isso funciona de forma diferente no mundo de onde venho; são outras leis. Camila, interrompeu:

— Bom, agora acho que é hora de nos apresentarmos, enquanto continuamos andando, o que acham? Meu nome é Camila, aqueles são meu namorado Douglas e meu irmão Joca. Essa é Priscila, irmã do Douglas. Viemos parar aqui sem saber como. Além disso, não sabemos que lugar é esse. Somos da cidade de Vila azul.

— Camila, ele não sabe o que é Vila Azul! Somos de Vila Azul, que fica no Brasil, planeta Terra. E você?

— Meu nome é Ibranos. Eu venho do planeta chamado Systarsa, um lugar de certa forma parecido com sua terra, porém com energias diferentes. Dominamos essas energias, conhecendo as leis naturais que regem seu funcionamento, algo similar ao que vocês chamam de magia.

— Como você fala essa língua local? E que lugar é esse?

— Esse local é um paralelo de seu mundo, por isso a semelhança da língua. Eu estou aqui há muito tempo e acabei aprendendo-a. Vim por meio de algum portal, uma deformação do espaço tempo e não consegui mais voltar. Após um tempo, arrumei um problema com um habitante local e descobriram meus poderes, o que consideraram uma ameaça. Prenderam-me, então, há algumas semanas e estava, desde então, naquela cela. Poderia ter saído de alguma forma, mas decidi dar um tempo. Já sou velho e faltava-me motivação para me aventurar por esse mundo. Vocês, de certa forma, me trouxeram essa motivação. Vou ajudar vocês a voltar para seu mundo e tentar voltar para o meu também.

— Como eu já me belisquei umas dez vezes, tenho que acreditar que estou acordada – Disse Priscila. – Considerando que estou acordada e tudo isso é real, vou perguntar: como é esse seu mundo?

— Você já ouviu falar sobre Avalon? Terra média? Oz? Todos esses universos são baseados em experiências com algum tipo de contato com seres do meu mundo. Eventualmente, por portais como o que vocês passaram, um ou outro ser do meu mundo foi parar, durante algum tempo, na terra.

— Mas, se você tem o poder que vimos há pouco, por que não saiu antes e voltou para seu mundo? – Priscila, sempre curiosa, perguntou.

— Por qual motivo? Para matar todos eles? Causar a destruição? Eu sou o estranho aqui e isso não seria certo. Além disso, eu conseguiria sair, de alguma forma, da prisão, mas não quer dizer que isso me faria voltar para o meu mundo. Encontrar um portal, e no momento em que ele esteja aberto, esse é o grande problema. Mas vocês me trouxeram a esperança de volta. Talvez ainda exista meu portal e eu possa encontrá-lo, com a ajuda de vocês, assim como talvez eu possa ajudá-los a encontrar o portal para a terra.

Nesse momento já estavam a mais de mil metros da cidade e fora do alcance visual de seus habitantes. Quando os guardas acordassem e percebessem a fuga, o quinteto já estaria longe. Continuaram caminhando, sob a luz prateada de um forte luar. Chegaram ao topo de uma colina e viram, abaixo, uma praia. Decidiram descer até a orla e seguir por ela. Se a água não fosse salgada, beberiam dela, para se renovar.

— Espero que isso seja um grande lago. Tenho sede – Reclamou Camila.

— Só há uma forma de descobrir – Respondeu Douglas. — Provando da água!

Desceram a colina, rumo à orla. Estavam próximos da faixa de areia quando Priscila notou algo se movendo na superfície da água.

— Vejam, ali! – Apontou com o dedo indicador.

Joca ia responder um "Onde? Não estou vendo!". Não foi necessário. Grandes borbulhas agitaram uma área da superfície da água e algo começou a emergir. A princípio tinha a textura de uma rocha, porém não tardaram a perceber que era algo vivo e, ao invés de rocha, era a textura da pele de uma grande criatura, saindo da água e caminhando rumo a eles. Era enorme. Tinha a forma e aparência que lembravam uma iguana, mas, quanto ao tamanho, o dobro de um elefante seria uma estimativa conservadora. Ao sair da água, a criatura, ao identificá-los, começou a caminhar, curiosa, na direção do grupo. Camila e Douglas começaram a correr. Joca, que já havia percebido que, devido à velocidade da criatura ser muito maior que a deles, fugir não seria uma opção, agarrou a maior pedra que achou e atirou contra a criatura. A pedra chocou-se contra o peito, com o ruído similar a uma pequena pedra batendo contra uma árvore. Joca ficou em choque, sem reação, após ver a pedra, que causaria estragos em qualquer pessoa, nem ser suficiente para parar, por alguns instantes, a criatura. O estado de choque de Joca prosseguiu, enquanto a criatura abria a enorme boca ao aproximar-se dele. Ele conseguiu virar o olhar para sua direita ao perceber um clarão avermelhado, que clareava levemente a madrugada. Era Ibranos, que, com suas mãos, moldava uma espécie de bola de fogo. A criatura também percebeu o clarão e olhou para Ibranos, no instante que a bola era disparada em sua direção. O urro que ela emitiu, ao receber o choque da bola de fogo, foi mais assustador que o momento em que ela havia aberto a boca para Joca. Sem dúvidas, aquilo a machucara. No entanto, após alguns instantes, enfurecida com o ataque, a imensa iguana abriu a boca e rumou na direção de Ibranos. Ele se preparou para uma nova bola de fogo. Dessa vez, logo após o clarão causado pelas mãos de Ibranos, veio outro muito maior, que ofuscou o brilho da segunda bola de fogo de Ibranos. Vinha do céu, para onde todos, inclusive a iguana, direcionaram o olhar. Um dragão escarlate se aproximava e, durante um rasante, aplicou um jato de fogo que lambeu a areia e atingiu a iguana que, mais uma vez, gritou enfurecida. O dragão deu meia volta e pousou, próximo à iguana. Antes que o próximo jato de fogo fosse emitido, a iguana, com sua cauda, aplicou um golpe que derrubou o grande dragão.

Joca, agora não mais em choque, mas perplexo com a cena que, até então, havia visto apenas em filmes e em seus jogos de videogame, sentiu o pesado braço de Ibranos em seu ombro.

— Vai ficar aí esperando quem vencerá a luta para servir de prêmio ao vencedor? Essa é a nossa chance! Corra!

Os dois se juntaram aos outros três, que já estavam em uma posição mais afastada e correram, contornando a orla, em direção oposta ao espetáculo bestial.

Priscila estava chorando, assustada. Aquilo era bem mais do que uma adolescente poderia suportar.

— Como vamos fazer para voltar para casa? — Disse, em prantos.

— Ibranos, alguma ideia? – Perguntou Joca

— A única chance é encontrarmos alguma vila ou cidade, onde não somos considerados fugitivos e não querem nossa cabeça e descobrir se alguém pode nos ajudar. Talvez não sejamos os únicos diferentes que já viram por essas bandas.

Ninguém discordou. Sabiam que não havia nada diferente disso que pudessem fazer. Estavam perdidos em um mundo que nem conheciam. Sem mapas, GPS, nada. Nenhuma referência. Após afastarem-se ainda mais da luta entre as duas feras, Douglas criou coragem de se aproximar da água. Teve medo de haver outra criatura como a que viram há pouco, mas a sede falou mais alto. Fez uma concha com as duas mãos, apanhou um pouco de água e bebeu. Era água doce! A descoberta trouxe um alívio considerável. Douglas sabia que pode-se viver alguns dias sem comida, mas não sem água. Beberam o quanto puderam e encheram as garrafinhas que tinha na mochila da escola. Para garantir ainda mais, continuaram caminhando próximo à orla.

Conversaram sobre as coisas de seu mundo com Ibranos, perguntando a ele como eram as coisas no mundo de onde ele tinha vindo.

De repente, o dia nasceu, embora os relógios deles marcassem pouco mais de 03:00h. Acharam estranho esse fato. Além disso, o sol que saiu no horizonte não era amarelo, mas, sim, de um tom azul prateado. Ibranos, notando a surpresa dos meninos, explicou:

— Esse mundo, embora seja um paralelo ao de vocês, não possui exatamente as mesmas leis físicas que governam os fenômenos de seu mundo. Essa é apenas uma delas. O dia, aqui, não dura o mesmo que vocês estão acostumados.

Após caminhar por mais duas horas avistaram, no horizonte, o que parecia ser um aglomerado de casas. Podiam ver, ao longe, a fumaça que saía das chaminés das casas. Provavelmente usavam carvão como fonte de energia. Era uma sociedade menos desenvolvida tecnologicamente que a da atual terra. Seguiram naquela direção e, uma hora depois, entraram no vilarejo. Ingressaram pelo que parecia ser a rua principal. Douglas lembrou-se dos filmes de faroeste que assistia com seu pai. Era evidente, aos habitantes do vilarejo, que o grupo de viajantes não era dali. As roupas, de imediato, já entregavam o ponto. No entanto, embora as pessoas estivessem olhando, curiosas, para eles, não viram ninguém com as lanças e uniformes de soldados, como os que os prenderam em Ashabok. No centro da cidade, encontraram o que parecia ser um bar e estalagem e decidiram entrar. Ao entrarem, o burburinho da conversa agitada diminuiu drasticamente. Fingindo não perceber, Joca foi na frente, em direção ao balcão. Arriscou um "Bom dia, amigo, tudo bem?", sem saber se seria compreendido. O homem franziu as sobrancelhas, como que se esforçando para entender algo pronunciado em uma língua parecida, mas não igual à sua. Por fim, o homem respondeu um "Bom dia, sejam bem-vindos". Aquilo, para o grupo, soou também diferente, como alguém de origem hispânica tentando se comunicar ao chegar ao Brasil pela primeira vez.

Joca continuou:

— Nós não somos daqui, como deve ter percebido. De alguma forma viemos parar nesse mundo. Nem sabemos como se chama o local.

— Aqui é a vila de Al-Zarak. Sejam bem-vindos, desde que não causem nenhum problema. Somos um povo pacífico e não gostamos de arruaceiros.

— Somos apenas um grupo de viajantes. Procuramos uma forma de voltar para o local de onde viemos. Você já viu alguém como nós por aqui?

— Não. Vocês são estranhos. Tomem uma mesa e serão atendidos. Joca se virou para unir-se ao grupo, que já se dirigia para uma mesa vazia.

— Espere – Disse o homem do bar – Procurem pelo "homem do espaço". Ele parece ser como vocês. Talvez possa ajudá-los.

— Hã? Homem do espaço? – Joca não entendeu

— Sim, um homem que usava roupas parecidas com as de vocês. Houve um grande estalo e apareceu, no céu, um grande pássaro de metal, que desceu no lago. Dele, saiu o "homem do espaço". O pássaro ainda está na margem do lago. Quanto ao "homem do espaço", ouvi dizer que ele está na granja dos Farsum. Deram abrigo a ele, em troca de trabalho. Sigam a margem do lago por mais algum tempo. Encontrarão, à esquerda, uma pequena colina. Lá fica a granja dos Farsum.

— Obrigado, senhor, pela informação. Vai nos ajudar muito.

— Disponha. Vocês parecem cansados e com fome. Tem até uma criança com vocês. Posso servir uma refeição, se desejarem. Joca lembrou-se que não tinham dinheiro daquele mundo, mas foi Camila quem se adiantou:

— Como não somos daqui, não temos da sua moeda para pagar pela refeição — Jogou a mochila encima do balcão e a abriu, despejando uma infinidade de objetos – Algo te interessa?

O homem olhou, curioso, para todos aqueles objetos, sendo atraído por um espelho de maquiagem de Camila. Ele abriu a tampa do espelho e, ao ver o próprio rosto, soltou uma gargalhada espontânea. Aparentemente, espelhos não eram algo comum por ali. Bom para o grupo, pois o homem disse que aceitaria o espelho em troca de uma refeição para o grupo. Camila resolvera a fome deles, pelo menos por enquanto. E aquela foi a refeição mais barata da vida dela. O espelho havia sido comprado em uma loja de 1,99, na semana anterior.

— Fechado! O espelho é seu – Concluiu, sem hesitar.

O que ele serviu foi o prato da casa. Não havia um menu e essa era a única opção do dia. O que comeram, nunca souberam, mas parecia muito bom. Talvez fosse a fome!

Agradeceram ao taverneiro e saíram, em direção à margem do lago. Seguiram, agora revigorados, cheios de esperança de poderem encontrar o tal "homem do espaço", que parecia ser alguém do seu mundo. Após um tempo, viram uma colina à esquerda, com o que parecia ser a granja dos Farsum, no alto. Após vencerem a subida, deram de cara com a placa "Granja dos Farsum – Alimentos de qualidade".

4

Enquanto isso, em Vila Azul, duas viaturas policiais investigavam o desaparecimento de quatro jovens, ocorrido no dia anterior. Uma delas percorria o lago, onde foram vistos pela última vez. O casal de velhinhos que havia visto o pequeno marreco estava de volta ao lago, para sua caminhada diária. Entreolharam-se ao ver a viatura, tentando entender o que a polícia fazia por ali.

Na escola, uma faixa foi estendida, pedindo colaboração de qualquer um que tivesse visto os jovens após a aula do dia anterior.

Os pais de Joca e Camila e os de Douglas e Priscila haviam se juntado, inconsolados, esperando por informações e colaborando com as investigações.

5

Bateram palmas e um senhor de meia idade saiu pela porta.

— Bom dia! O que precisam? Temos ovos, presunto, queijo, Alface, tudo da melhor qualidade, como não encontrarão lá embaixo.

— Na verdade, senhor, estamos procurando pelo "homem do espaço". Disseram que ele vive aqui.

O homem, ao se aproximar, notou as vestimentas diferentes dos meninos e de Ibranos, percebendo que não eram dali. Ia virar para chamar o tal "homem do espaço", mas nem foi preciso. Saindo de um paiol, ao lado da casa, viram um homem alto, louro, vestindo uma camiseta branca com os dizeres "Ilha Bela – Capital da vela". A camiseta os fez sorrir e encher-se de esperança.

— Sr. Junkes, pode deixar que eu os atendo.

O homem deu de ombros e se virou, pedindo licença, e voltando para a casa.

— Meu nome é Thomas. Quem são vocês e como vieram parar aqui?

O grupo se apresentou e narrou a Thomas os últimos acontecimentos. Thomas explicou ao grupo que era um engenheiro aposentado e que vivia em Moema do sul. Contou que sua paixão era voar em seu Cessna 206, fotografando e fazendo vídeos das paisagens vistas de cima. Num desses voos, porém, sentiu um golpe repentino na aeronave, ao mesmo tempo em que o céu mudou de cor, do azul de uma bela manhã de Sábado de sol, para um cinza escuro carregado de nuvens. O baque causou uma falha na aeronave, obrigando Thomas a forçar o pouso próximo à margem do lago.

— Nossa! Moema do Sul fica a apenas duzentos quilômetros de Vila Azul, nossa cidade!— Exclamou Priscila — Mas seu avião ainda funciona?

— Negativo. Verifiquei, passado o temporal, que o eixo principal do motor se partiu durante o momento em que ocorreu o baque.

— Esse golpe ocorreu quando você atravessou o portal dimensional. – Explicou Ibranos. – Você tem as coordenadas exatas de onde ocorreu?

— Sim, a rota está armazenada no computador da aeronave. O problema é que aqui não existe um local para usinar o eixo e recompor o funcionamento do motor. Após tentar, sem sucesso, encontrar uma forma de consertar o motor, acabei me conformando em passar o resto de meus dias aqui nesse lugar. Encontrei essa granja, onde troco meu trabalho por moradia e alimentação. Meu conhecimento de engenharia me permitiu fazer várias melhorias aqui na granja. Isso me colocou em uma relação de muita confiança e respeito com o Sr. Junkes.

Douglas, que adorava estudar tecnologia mecânica, compreendeu o que Thomas disse quanto a não conseguir usinar o motor e já foi logo propondo uma solução:

— Ibranos, você conseguiria, com sua magia, aquecer o aço do eixo, na região da trinca, de forma a soldá-lo?

Ibranos não compreendia o verbo "Soldar", mas entendeu a proposta de Douglas.

— Sim, não será difícil.

— Você disse magia? Como assim? – Perguntou Thomas.

— Ibranos não é do nosso mundo. Conhecemo-nos aqui nesse mundo, em uma cidade a umas seis horas de caminhada daqui. Uma longa história. O ponto é que Ibranos consegue dominar o fogo e criar uma chama. De alguma forma, ele possui esse poder.

— Hum... se ele conseguir isso, há uma chance de o motor voltar a funcionar. Preciso construir um dispositivo para que ele faça o trabalho com o eixo perfeitamente alinhado. O motor gira em alta rotação e qualquer desbalanceamento de massa pode impedir que o motor funcione de forma adequada. Se der certo, temos uma chance. Deixem suas coisas no estábulo e descansem um pouco, enquanto eu preparo uma cantoneira para apoiar as duas partes do eixo. Assim que o soldarmos, vou levá-los ao local onde se encontra o avião.

Fizeram como sugerido por Thomas. Ibranos, com cuidado, direcionou o fogo para a pequena região onde as duas partes do eixo se uniam. Havia, na granja, uma pedra de afiar, em um suporte rotativo, uma espécie de esmeril improvisado, movido a pedal, que serviu para remover as rebarbas da solda e deixar o acabamento minimamente aceitável, na avaliação de Thomas.

Mais tarde, desceram a colina e continuaram pela margem do lago. Não muito à frente identificaram o brilho do sol na pintura branca do avião.

— Lá está minha belezura! – Disse Thomas – Em breve saberemos se aquele monte de metal pode levantar voo mais uma vez.

Douglas, Joca e Ibranos ajudaram Thomas a montar o eixo no motor da aeronave. Thomas fez os ajustes e conexões de toda a parafernália. Como engenheiro, aquilo era mais diversão do que trabalho para ele. Desde criança, adorava desmontar e montar coisas. Em pouco mais de uma hora, estava pronta a tarefa.

— Pronto, agora vamos ver se a coisa funciona – Disse Joca.

— Thomas orientou a eles que se afastassem da hélice, entrou na cabine, sentou-se na poltrona do piloto, verificou os comandos, respirou fundo e tentou a partida. Após um forte ronco, a hélice girou. E girou rápido!

— Maravilha! – Berrou Douglas – Vamos chamar as meninas e tentar encontrar o portal para passar para o outro lado!

— Ainda não, amigo. Faltou dizer-lhes algo, um pequeno detalhe: não temos combustível suficiente para voar. O pouco que sobrou não é o bastante para buscarmos as coordenadas do portal e, se der certo, chegarmos a um local para aterrissar!

Aquilo foi realmente um balde de água fria para os dois garotos e Ibranos. Após todo o trabalho de encontrar o tal "homem do espaço", ajudá-lo a recuperar o eixo e montá-lo na aeronave, aquilo era algo muito frustrante.

— Mas nem tudo está perdido. – Thomas continuou – Faltava-me o recurso para soldar o eixo e recuperar o motor, mas durante esse tempo que estou aqui eu procurei muito por uma solução. Levei amostras do querosene a todas as pessoas com que fiz contato e descobri que existe um local a algumas horas de caminhada daqui que, pelos relatos, me parece ser um poço de petróleo. Segundo eles, é um local bastante árido, praticamente um deserto, de onde, em algumas partes, brota a "água negra". Para eles, é um local amaldiçoado. Eles acreditam que a "água negra" são as lágrimas do demônio e tudo o que querem desse local é distância. Mas, para mim, a tal "água negra" só pode ser petróleo!

— Mas, supondo que você esteja certo, de que adiantaria o petróleo bruto? Sua aeronave não vai funcionar com petróleo! Precisaríamos refiná-lo para obter querosene de aviação. Não sou muito bom aluno, mas desse ponto eu me lembro – Gabou-se Joca.

— Faremos nossa refinaria particular, meu amigo. Tudo que precisamos é de uma pequena torre de destilação e retirar o corte adequado das frações de hidrocarbonetos que se assemelhem ao querosene. Com a ajuda dos poderes de Ibranos, não será difícil.

— Contem comigo para o que precisarem. Afinal, também quero voltar para casa!

Voltaram à granja e contaram sobre o sucesso da recuperação da aeronave e também sobre a necessidade de combustível para conseguirem voar. Decidiram que iriam, no dia seguinte, em busca da "água negra". À noite, jantaram com os Farsum, comendo e bebendo muito bem! Após conversarem sobre vários assuntos e se conhecerem melhor, Thomas explicou que, no caminho para o local onde, supunham, encontrariam petróleo, passariam por uma vila, onde poderiam descansar; após a vila, cortariam caminho pela caverna dos reis e, atravessando-a, chegariam ao deserto. Lembraram-se, então, que a noite era mais curta ali e decidiram preparar suas coisas para a jornada do dia seguinte e depois dormir, para repor as energias. Os Farsum deram a eles a chave de uma espécie de paiol, para passarem a noite. Deitaram-se sobre o feno que era guardado ali. Não era confortável como um bom colchão, mas, cansados como estavam, era mais que o necessário para passarem a noite.

6

Havia galos ali naquele mundo. E, assim, como no nosso, cantavam cedo! Um pouco antes do nascer do sol descobriram isso. Douglas pôs-se de pé e viu que Ibranos já se levantara e arrumava suas coisas.

Um a um, foram despertando. Comeram pães e frutas, que os Farsum tinham oferecido-lhes, e saíram para a aventura. Thomas os esperava na porta da frente da casa.

— Bom dia a todos! Dormiram bem?

— Muito! – Responderam em uníssono.

E, então, rumaram, os seis amigos, para o deserto, em busca da "água negra". O nascer do sol era algo lindo ali, as primeiras luzes do dia trazendo, de volta, o colorido às flores e à vegetação. Nuvens de pássaros passavam sobre eles. Um pouco à frente, ouviram um ruído estranho e pararam para procurar. Foi Ibranos quem encontrou uma pequena dragonete que estava presa em um arbusto. Era uma miniatura de dragão, aparentemente do sexo feminino, com aproximadamente quinze centímetros de altura. Ibranos a soltou do galho onde havia se enroscado e o pequeno animal, como que retribuindo, pousou no ombro de Ibranos e acariciou-lhe a face. Ibranos, cuidadosamente, retirou a dragonete e a colocou no chão, para continuarem a jornada. No entanto, ao virar as costas, o bichinho voltou a pousar em seu ombro. Decidiram levá-la com eles. Seguiram pelo caminho, conversando sobre coisas daquele mundo, do de Ibranos e da terra.

A manhã transcorreu sem imprevistos e, por volta do almoço, chegaram à vila. Era um aglomerado de casas, na sua maioria bastante simples. As ruas eram de terra e o nível de tecnologia era baixo, algo equivalente ao nosso século XVIII. Joca comentou sobre só terem encontrado vilas e sobre não terem visto nenhuma estrada asfaltada, máquinas ou eletricidade. Thomas concordou com Joca. Ele, inclusive, havia viajado bem mais longe, nesse tempo em que estivera preso ali. Segundo ele, de acordo com suas estimativas, baseada em relatos dos habitantes e em suas observações, o planeta era menor que a lua da terra. Não tinham ainda desenvolvido sua ciência ao ponto de terem essa informação; não havia livros sobre o assunto, tampouco a ambição de desbravar esse mundo da astronomia e de outras ciências. Eram, realmente, habitantes muito simples, que se contentavam com trabalhar, comer bem, festejar e dormir. Caminhavam pela rua principal, buscando um local para descansar e comer algo. A viagem tinha sido cansativa. Os habitantes pareciam olhar os forasteiros com estranheza e, acima de tudo, com medo. Entraram em uma espécie de restaurante, onde foram atendidos por um homem baixo, magro, de meia idade. Trazia, no ombro esquerdo, um pano branco pendurado. Olhou-os por cima dos óculos, e disse:

— Sejam bem-vindos ao nosso restaurante. Refeição completa para os seis amigos?

— Sim, por favor. – Confirmou Thomas – E queremos também uma informação: estamos indo para a região do deserto das águas negras. Ouvi dizer que o melhor caminho é passando pela caverna dos reis. Poderia nos confirmar?

— Vocês são duplamente insanos! Primeiro por ir à região do deserto das águas negras. Muitos já morreram ali, sufocado pelos gases que se desprendem dessa água. É um local amaldiçoado. Segundo, por passarem pela caverna dos reis. Ali, numa das derivações da caverna, encontra-se o covil de Trasuk, um bandido que vem aterrorizando nossa pacata vila. Ele e seu bando vivem numa das galerias ali na caverna, enquanto não estão aqui, praticando crimes e assolando nossa comunidade. Reconhecerão Trasuk pelo medalhão que ele usa. Ele alega que o medalhão possui o olho de um dragão que ele mesmo matou.

—Mas por que ninguém faz nada? Por que não botam o bando atrás das grades?

—Temos apenas um delegado e dois oficiais aqui. O bando de Trasuk cresceu, já devem ser uns dez ou mais. O pobre delegado não tem recursos para uma incursão ao covil desses bandidos. E quando vêm à cidade, espalham o terror por aqui. Comem e bebem sem pagar, violam as filhas dos moradores e saqueiam nossos mantimentos, conseguidos a duras penas.

— Ora, mas isso é um absurdo! – Exclamou Ibranos, enquanto a dragonete, sobre seu ombro, cheirava seus cabelos, próximo à orelha. – Amanhã vamos passar pela caverna e prometo que, se encontrarmos esse tal Trasuk e seu bando, vamos fazê-los pagar por todo esse mal.

— Agradeceria imensamente, senhor, em nome de toda nossa comunidade.

O bom homem explicou-lhes o caminho até a entrada da caverna e como atravessá-la. Explicou-lhes que, ao saírem da caverna, do outro lado das montanhas que formavam uma pequena cordilheira, encontrariam o território das águas negras. Pediu-lhes licença e saiu. Vinte minutos depois estava de volta com os pratos. Adoraram a comida. Ibranos dividiu seu prato com a dragonete, que quase comeu seu bife por completo.

— Ela é lindinha! – Disse Priscila. – Pena que tenho medo dela. Ainda mais agora que descobri que ela é carnívora!

Todos riram, enquanto seguiam devorando o almoço. Ao final, conseguiram dois quartos ali mesmo. O segundo piso do restaurante funcionava como uma pousada. Subiram e foram descansar. Joca ficou com as meninas e o restante ocupou o outro quarto. Após um banho, não foi nem um pouco difícil pegar no sono, depois de tantas horas de caminhada.

Mais uma vez, foi um galo que os despertou. Aprontaram-se e desceram. Thomas pagou a conta e seguiram rumo à entrada da caverna dos reis.

Duas horas depois, lá estava a boca da caverna. Era uma grande entrada, mas, ainda assim, a luz não iluminava mais que cem metros à frente. Depois disso, a escuridão reinava.

— Têm certeza que não é melhor subirmos e descermos a cordilheira do outro lado? – Camila, receosa, questionou.

— Mana, demoraríamos alguns dias para dar essa volta. Além disso, a subida é muito íngreme. Correríamos o risco de ficar presos em algum ponto. Melhor seguirmos pela caverna mesmo.

— Além disso, fiquei revoltado com o que esse Trasuk e seu bando têm aprontado com aquela pobre gente. Precisamos dar um fim neles. — Disse Ibranos.

— Mas você se lembra que ele disse que o bando deve ter dez ou mais bandidos? Somos apenas seis. Seis e meio, no máximo. – Corrigiu Douglas, olhando para a dragonete, que parecia entender a conversa.

— Ei, você está se esquecendo de que Ibranos está no nosso time? – Lembrou Priscila.

Sim. Tinham Ibranos, com todo seu poder. Lembraram-se de como ele fez a chave para saírem da prisão, a partir do bolo de objetos metálicos. Lembraram-se, também, da bola de fogo que ele lançou contra a criatura na orla, que não a havia detido, mas, eles o sabiam, seria suficiente para destruir, de uma só vez, qualquer ser humano que estivesse em seu caminho.

Por fim, entraram na caverna. Thomas, precavido, havia levado lanternas, as quais facilitaram a tarefa de atravessar os escuros e amplos túneis. A umidade era extremamente alta, com gotejamentos por vários pontos do teto e finas camadas de água escorrendo pelas paredes. O ar não era dos piores; como havia a saída do outro lado, uma leve brisa circulava, ainda que lentamente, pelos corredores. Alguns minutos depois, encontraram uma derivação do caminho principal, levando, por um corredor menor, ao que parecia ser uma grande galeria. Ouviram vozes nessa direção, o que já era esperado. Ibranos tomou a frente e fez sinal para o grupo desligar as lanternas. Tudo então ficou negro, porém, um instante depois, a mão direita de Ibranos incandesceu e ele, mostrando total controle sobre aquilo, deixou apenas a intensidade suficiente para se orientarem na caminhada pelo estreito corredor escuro. Aproximavam-se lentamente da galeria, o ruído da conversa aumentando e as luzes cada vez mais perto. Quando estavam a não mais que vinte metros de distância da entrada da galeria, um dos homens do bando, percebendo um ruído vindo do corredor, interrompeu a algazarra dos bandidos:

— Ei, silêncio! Vocês ouviram isso? Tem alguém vindo pelo corredor!

— Deve ser o delegado e seus dois oficiaizinhos medrosos vindo nos prender!

A gargalhada de todos foi um enorme uníssono do bando, que ecoou pela galeria. No entanto, antes do fim da gargalhada uma bola de fogo saiu do corredor em direção ao bando, derrubando um primeiro homem e o colocando em chamas. Os bandidos, em choque, reagiram, buscando suas espadas e porretes para atacar quem quer que tivesse feito aquilo. Ao se aproximarem do início do corredor, Thomas tirou vantagem da situação, fazendo uso do elemento surpresa. Atingiu, com um porrete, um dos homens. O barulho de osso quebrando foi nítido quando o golpe o atingiu, na testa. A dragonete, que estava voando, desceu sobre um dos bandidos, cravando-lhe suas garras em seu rosto. O homem levou as duas mãos aos olhos, agora cegos, gritando de dor e desespero. E então, veio a segunda bola de fogo de Ibranos, dessa vez bem maior que a primeira. Atingiu três dos bandidos que corriam em direção ao grupo e os arremessou contra a parede, do outro lado da galeria. Nesse momento, o bando recuou. Exceto um deles, o maior e mais forte. Ele gritou:

— Quem são vocês, que ousam invadir o covil de Trasuk? Digam-me, antes de eu acabar com vocês.

— Meu nome é Ibranos e esses são meus amigos. Estamos aqui para vingar os habitantes da vila. Vocês não vão mais fazer nenhum mal a eles.

— Tolos! Quem pensam que são? Dois velhos e um bando de crianças, contra nós?

Trasuk mal teve tempo de concluir a sentença, quando seus pés saíram do chão, obedecendo a um controle da mão de Ibranos, que se levantava acima da linha do ombro. Trasuk subiu até o teto da galeria, que tinha em torno de cinco metros e, então, Ibranos baixou a mão, cortando a força que segurava Trasuk no ar, que veio ao chão, se espatifando contra uma grande pedra. Já no chão, sua perna direita deu um coice no ar, como resultado do último reflexo do líder do bando que aterrorizava as redondezas. Era o fim de Trasuk e boa parte de seu bando. Os membros restantes, nesse momento, deixaram cair suas armas e se ajoelharam, pedindo clemência a Ibranos e ao grupo.

— Deixaremos vocês saírem vivos por esse corredor, sem as armas. Nunca mais voltem a essa vila. Do contrário, terminarão como seu líder e seus companheiros, que daqui não sairão com vida. Os bandidos, após o duro golpe, não tinham mais o ar ameaçador de dez minutos atrás, quando, reunidos, planejavam o próximo golpe. Saíram, em fila indiana, olhando, com medo, para Ibranos, a dragonete, Thomas e os meninos. Sumiram, correndo, pelo corredor escuro. O grupo ouviu um deles tropeçando e caindo no chão.

Ibranos dirigiu-se até o corpo de Trasuk, retirou-lhe o medalhão do pescoço e disse:

— Vamos, temos que atravessar a caverna. Nossa jornada ainda é longa.

7

Voltaram pelo corredor até o túnel principal, dessa vez seguindo o caminho para atravessar a caverna. Uma hora depois, viram uma luz branca à frente. Era a saída, finalmente!

— Vamos parar. Está na hora de usarmos isso! – Disse Thomas, retirando da mochila uma máscara para cada um do grupo.

— Máscaras? Mas pra que vamos usar isso? – Perguntou Joca.

— Lembram-se dos relatos dos habitantes, afirmando que muitos já morreram no território das "águas negras"? Se a tal água negra realmente for petróleo, é provável que exale gás sulfídrico ao sair do solo e entrar em contato com a atmosfera. Esse gás é altamente tóxico e não é possível perceber seu odor, quando em altas concentrações. Por isso ele é tão letal, o que explicaria o fato de considerarem isso uma maldição, visto que não desenvolveram as ciências como nós. Ciência e magia, muitas vezes, se confundem, para aqueles que não têm o conhecimento científico. Vamos. Usem as máscaras. Elas saturarão após meia hora e perderão sua eficácia, mas será tempo suficiente.

Após usarem as máscaras, seguiram rumo ao exterior da caverna. A paisagem, do outro lado, era totalmente diferente da que viram até ali, naquele mundo. Parecia realmente um deserto. Não de areia, mas uma terra argilosa, toda rachada. De alguns pontos viam sair nuvens de gases. Em outros pontos, identificavam poças negras a borbulhar.

— Ibranos, poderia lançar uma bola de fogo em uma dessas poças? – Pediu Thomas.

— Claro!

Ibranos arremessou uma pequena bola incandescente em uma das poças. Ao ser atingido, o líquido ignitou, formando uma fogueira que se manteve, consumindo a "água negra".

— Eureka! – Gritou Thomas. – Isso é petróleo! Vamos, cada um de vocês encha o vasilhame que lhes dei e vamos voltar logo. Esse lugar me arrepia!

Tiraram da mochila os pequenos galões que Thomas havia entregado a cada um. Encheram os galões e voltaram para o interior da caverna. Tiraram as máscaras, respiraram fundo e iniciaram o caminho de volta.

— No início da noite chegaram à pousada. Ibranos aproximou-se do homem que os atendera, no dia anterior, que ficou surpreso ao ver o grupo de volta.

— Vocês conseguiram? Os bandidos não encontraram vocês?

— Não. Fomos nós que os encontramos. Abra a mão, meu amigo.

Sem entender, o garçom abriu a mão direita e Ibranos tirou do bolso o amuleto de Trasuk, colocando-o em sua mão.

Fique com isso. É o sinal da vingança. Trasuk está morto, assim como parte de seu bando. Os restantes se foram. Aposto que não voltarão por um bom tempo.

— Estamos livres? Ei! Vocês ouviram isso? – Gritou o pequeno homem, a todos do restaurante. – Trasuk está morto! – Levantou o olho de dragão e os olhos dos que estavam ali presentes brilharam. Todos gritaram um forte "Viva os forasteiros!". E todos do grupo agradeceram Ibranos, pois aquilo não poderia ter sido feito sem ele. O pequeno homem, que se chamava Roth, abraçou Ibranos e lhe disse:

— Seremos eternamente gratos. Seja sempre bem-vindo à nossa comunidade.

Uma lágrima rolou do olho direito de Ibranos, comovido pela gratidão sincera de Roth e sua comunidade.

Comeram e beberam, dessa vez até tarde da noite. A jornada do dia seguinte teria gosto de missão cumprida. Dormiram como uma pedra e, dessa vez, nem o galo os despertou.

8

Levantaram-se quando o sol já estava totalmente exposto no céu. Prepararam as coisas, despediram-se das pessoas da pousada e começaram a viagem de volta à granja dos Farsum.

Chegando à granja, cumprimentaram os Farsum e Thomas levou o grupo a um galpão onde havia um equipamento de metal. Era uma espécie de panela vertical, muito grande. Da parte superior, saía um tubo.

— Esse é o equipamento utilizado pelos Farsum para produzir a aguardente deles. Algo parecido com a cachaça. Colocam o caldo das ervas, raízes e frutas cozidas aqui e os vapores saem pelo tubo lá encima, onde se condensam. De lá tiram a aguardente. Essa será nossa torre de destilação de petróleo. Adaptarei a altura do tubo de saída, conforme alguns cálculos que fiz. Para isso, contarei com a ajuda de Ibranos. Depois, vamos colocar o petróleo na panela e pelo tubo sairá nosso combustível. Pelo menos, assim espero!

— Esperamos! – Disseram os outros, juntos.

— Mas agora é tarde. Melhor descansarmos e amanhã, logo ccdo, tcntarmos o processo de refinar o petróleo.

Os Farsum, a par dos detalhes da tentativa de obter combustível para a aeronave e de voltarem para seu mundo, prepararam um grande jantar para celebrar aquela que poderia ser a última noite em que teriam a compania do "homem do espaço".

— Sentiremos sua falta, Thomas, mas entendemos o seu desejo. – Disse o Sr. Farsum.

— Desejamos que você e seus amigos consigam retornar e sejam felizes de volta a seu mundo. – Sra. Farsum complementou.

— Sou grato a vocês pelo abrigo e acolhimento durante todo esse tempo. Vocês foram uma família para mim.

Celebraram durante o jantar daquela noite. Lá fora, no galpão, os galões de petróleo aguardavam pelo refino. À beira do lago, o Cessna aguardava pelo combustível. E, a uma dimensão dali, os familiares do grupo, desesperados, ainda mantinham acesa a chama da esperança de que eles aparecessem.

Acordaram e já foram logo para o galpão, após o café da manhã. Depois de adequar o tubo de saída, com a ajuda dos poderes de Ibranos, depositaram os galões na grande panela e acenderam o fogo. A tensão era grande. Se aquilo não funcionasse, o que mais poderiam fazer? Ficariam, para sempre, naquele mundo?

Após alguns minutos, sentiram que o petróleo começou a vaporizar. Entreolharam-se e, pouco depois, perceberam que um líquido marrom claro, levemente translúcido, começou a gotejar dentro do recipiente que captava a condensação do tubo que saía do topo da grande panela. Aquilo era um bom sinal. Se aquele líquido continha as frações adequadas do hidrocarboneto que faria funcionar o motor do Cessna, só descobririam testando, mas a aparência era promissora! Até ali, tinham obtido sucesso!

Ao final do processo, haviam obtido em torno de 50 litros de combustível. Como um complemento ao que havia restado no reservatório do Cessna, aquilo seria suficiente.

Rumaram em direção ao Cessna, após se despedirem dos Farsum. Ao chegar ao local onde se encontrava a aeronave, despejaram o combustível no tanque. Agora, faltava o teste! Era a hora da verdade. Thomas conferiu as coordenadas e repassou o plano com todos:

— Vamos voar até as coordenadas e descobrir se o tal portal ainda continua aberto. Se estiver, devemos passar para o lado de lá. Nesse caso, voaremos até a pista de pouso de Moema do Sul e estaremos em casa! Todos prontos?

Aquela foi uma pergunta fácil de ser respondida por Douglas, Camila, Joca e Priscila. Foi um grande e alegre "Sim!". Ibranos, no entanto, respondeu diferente:

— Meu amigos, eu vou ficar. Não é certo que, ao passar pelo portal, eu vá parar em meu mundo. Provavelmente acabarei no mundo de vocês que, assim como esse, não é minha casa. Além disso, não tenho a localização exata do portal por onde entrei aqui nesse mundo. Era noite e eu tive que fugir de uma daquelas criaturas, que me detectou assim que passei para o lado de cá. Essa noite pensei bastante e decidi ficar nesse mundo. Vou voltar para a vila e ajudar a garantir que aquelas pessoas nunca mais sejam perturbadas por aqueles ou outros bandidos. Senti-me muito bem acolhido lá e vou passar o resto de meus dias com aquele povo e com minha nova amiguinha aqui. – A dragonete, sobre seu ombro, beijou-lhe a face, como se entendesse cada palavra que Ibranos dissera. Priscila, emocionada, abraçou Ibranos com tanta força que quase o derrubou.

— Muito, muito obrigada, em nome de todos nós. Você nos salvou aqui. Sem você, provavelmente ainda estaríamos presos naquela cela nojenta.

Thomas também o abraçou e agradeceu:

— Sem sua ajuda não teríamos conseguido reparar o eixo do avião. Além disso, não teríamos derrotado o bando de Trasuk e libertado aquela gente. Adeus, Ibranos. Seja feliz!

Thomas entrou na cabine, respirou fundo e deu partida. O motor girou. Restava aguardar alguns instantes para que a nova mistura, agora com o combustível fabricado por eles, chegasse ao motor. Após algum tempo, o motor começou a vibrar e apresentou um barulho diferente do normal. No entanto, continuou a girar.

— "Combustível batizado!?" – Disse Joca, e todos riram.

— Funcionou! – Confirmou Thomas – O motor continua girando.

O combustível havia passado no teste. Agora era chegada a hora. Entraram todos na aeronave. A faixa de areia e cascalho à beira do lago seria a pista de decolagem. Era tudo ou nada. Não tinham escolha, afinal. Acenaram, uma última vez, para Ibranos, e Thomas acelerou o Cessna. Mil metros à frente, o "homem do espaço" voava novamente, agora com quatro novos amigos. Ao atingir a adequada altitude, Thomas traçou a rota, com base nas coordenadas que havia registrado. Estavam a cinco minutos do ponto. A paisagem era linda! O lago era imenso. Vários bandos de gaivotas voavam, em V, abaixo deles. Tiveram a impressão de ver, no horizonte, um enorme dragão batendo as asas.

— Estamos a trinta segundos das coordenadas. Preparem-se, podemos ter algum impacto.

Sentiram um leve tremor na aeronave. Camila fechou os olhos, esperando, ao abri-los novamente, estar em seu mundo. Porém, a paisagem que viu, ao abrir os olhos, foi a mesma. Desespero é a palavra que melhor descreve o que sentiram. Teriam feito tudo aquilo para nada? Ficariam para sempre naquele mundo, sem shopping centers, internet, eletricidade ou chocolate? Porém, uma última esperança se acendeu dentro deles quando Thomas anunciou:

— Pode ser que passamos um pouco fora do portal. Se conseguimos sentir o tremor, ele deve estar lá. Vou fazer uma segunda tentativa.

O Cessna se inclinou e Thomas apontou novamente a aeronave para as coordenadas.

— Preparem-se novamente! – Disse Thomas.

Dessa vez, ninguém se preocupou em ver gaivotas voando, nem mesmo dragões. Fecharam os olhos e torceram para que aquilo desse certo. De repente, o tremor. Só que, dessa vez, bem mais forte! A aeronave balançou e Camila gritou, quando o Cessna perdeu altitude bruscamente e seu estômago pareceu vir parar na garganta. E, então, o dia virou noite! Não havia mais tremor, não havia mais lago, gaivotas ou dragões. Havia, apenas, a noite, com uma linda lua cheia! Tinham passado pelo portal! Restava saber se estavam na terra ou em outra dimensão, mas isso seria fácil descobrir. Thomas pegou o rádio, apertou o botão "Talk" e disse:

— Atenção torre de Moema do Sul, na escuta?

— Torre de Moema do Sul na escuta, prossiga com sua identificação.

A euforia do grupo foi enorme. Agora sim, a missão estava plenamente cumprida. Haviam conseguido! Abraçaram-se na cabine dos passageiros, emocionados. Em uma outra dimensão, um velho com uma dragonete em seu ombro derramou uma lágrima de felicidade, quando, da margem de um grande lago, viu um avião desaparecer em pleno voo.

9

Thomas se identificou com a torre e o pouso foi autorizado. Após o procedimento, levou os meninos para a rodoviária, de onde pegariam o ônibus para Vila Azul. Despediram-se ali na estação:

— Meninos, agradeço muito a vocês. Sem sua ajuda não teria, jamais, conseguido reparar a aeronave e nunca teria conseguido voltar para casa.

— Nós dizemos o mesmo a você, Thomas. – Disse Douglas.

— É isso aí, a união faz a força! – Joca complementou.

Trocaram os contatos e endereços. A aventura terminava ali, mas a amizade de Thomas com o grupo apenas começara. Seriam eternos amigos. Despediram-se e Thomas pegou um táxi para sua casa. Seria uma tremenda surpresa para sua esposa e seus dois filhos.

Na plataforma doze, Douglas, Camila, Joca e Priscila embarcaram no ônibus para vila azul. A viagem duraria apenas duas horas. Ela marcaria o fim da maior aventura da vida daqueles jovens. Nunca se esqueceriam de nenhum detalhe da experiência que tiveram. E ninguém, nem mesmo seus pais, nunca acreditariam na história que contariam, dentro de duas horas.

Pontos de vista

1

O político e a sociedade

Alfredo venceu as eleições para prefeito de sua cidade. Desde os tempos de escola, mostrava suas habilidades de negociador. Era sempre o escolhido para representante de classe. Quando começou a trabalhar, continuou se destacando por essa habilidade. Nem todos confiavam em Alfredo, mas ele convencia a maioria, com sua lábia. Agora havia chegado ao poder maior do município, após um mandato como vereador.

Alfredo conseguiu algumas conquistas para a comunidade, como uma nova biblioteca, a reforma de cinco escolas e uma nova praça, com uma área de lazer para crianças.

Certa vez, durante o processo de aprovação de um grande contrato para a construção de uma nova escola e ampliação de leitos de UTI do hospital municipal, Alfredo viu, ali, uma chance de ouro de desviar uma boa grana e dar ainda mais conforto e segurança à sua família. Eles queriam, já fazia um bom tempo, comprar uma chácara para passar os fins de semana. Além disso, o filho queria cursar a faculdade de medicina e não havia conseguido a aprovação no vestibular da universidade federal, porém, conseguira o resultado suficiente para ingressar em uma universidade privada. A mensalidade era salgada e Alfredo decidiu seguir com o plano ilícito. Desviaria parte da grana, dividindo o bolo com aqueles que fiscalizariam o contrato, de forma a abafar o ato corrupto.

No mês seguinte, comemoraram a inscrição do filho na universidade de medicina na chácara recentemente adquirida, com direito a churrasco e muita bebida.

Enquanto isso, na periferia da cidade, vivia Janete, que havia votado em Alfredo. Era mãe de três filhas, trabalhava como empregada doméstica e o marido, Jorge, era servente de pedreiro. Ganhavam pouco e esse pouco tinha que sustentar as cinco bocas da casa, além do aluguel e demais despesas. No entanto, isso não os impedia de ser honestos e manter suas contas em dia, o que incluía o IPTU, o imposto que mantinha as contas públicas do município. Viviam uma vida simples e eram muito felizes, apesar de não haver muito conforto.

Certo dia, Júlia, a filha mais nova do casal, amanheceu doente. Levaram-na ao hospital municipal. O doutor, após um tempo, a examinou e a diagnosticou com Dengue.

— Teremos que interná-la. – Disse o médico.

— Mas doutor, o quadro é grave? – Perguntou, preocupada, Janete.

— Normalmente as crianças se recuperam rápido, mas ela está desidratada e não posso liberá-la assim. Vamos interná-la e aguardar.

Janete saiu do consultório, avisou o marido e ficou no hospital, acompanhando a pequena Júlia. Jorge foi para o trabalho e as duas filhas maiores, Cláudia, com doze anos e Sheila, com dezesseis, teriam que se virar, sozinhas em casa, até o pai voltar do trabalho.

Janete dormiu no hospital com a filhinha. No dia seguinte, o quadro piorou. O médico, ao passar no quarto para avaliar a pequena Júlia, pediu para transferirem-na para uma UTI. Júlia respirava com muita dificuldade.

— Doutor — Disse a enfermeira – Não temos nenhuma UTI livre. As novas unidades não foram concluídas. Falta de verba, foi o que disseram. Teremos que esperar liberar uma próxima.

— A senhora tem plano de saúde na rede privada, dona Janete? – Perguntou o médico.

— Não, doutor – Respondeu, em prantos.

— Temos que aguardar. Vou verificar com a direção do hospital se conseguimos uma UTI em outra unidade para fazermos a transferência.

O médico tentou todos os trâmites, mas não deu tempo. A pequena Júlia faleceu às duas da tarde daquele dia.

A tristeza e a dor tomaram conta de Janete e sua família. Nunca mais seriam os mesmos, sem a pequena Júlia entre eles, a rapinha do tacho, que se fora para sempre. Talvez ela tenha contribuído, com a UTI que deixou de usar, com o prefeito e seu filho, ambos felizes pela conquista da chácara da família e da vaga no curso de medicina que garantiria seu futuro.

2

O executivo e a sociedade

Augusto era um bem-sucedido gerente industrial de uma multinacional. Estudara com afinco, desde os primeiros anos do ensino básico, motivado pelos pais. Cursara a escola técnica e conseguira um bom emprego como técnico. E aquilo era apenas o começo. Passou pela faculdade e, de posse do diploma, conseguiu um emprego melhor. Fez especializações e vários cursos, sempre trabalhando duro, de sol a sol. Por muitos anos, desde seu primeiro emprego, investia sempre o seu dinheiro que sobrava em seu aprimoramento e desenvolvimento. Viajou para o exterior, a trabalho, desenvolveu-se ainda mais, até que foi promovido a gerente.

Augusto se casou e teve filhos, constituindo uma família, à qual se dedicava para manter sempre firme, apoiada nos princípios da ética e da moral.

O trabalho apenas aumentava, junto com as responsabilidades. Augusto se sentia importante. Via-se contribuindo com a sociedade, por meio de seu trabalho, dos impostos que pagava e da família de princípios que constituía. Além disso, Augusto tinha bom coração e ajudava algumas pessoas que tinham necessidades básicas e não tiveram a mesma oportunidade que ele.

Devido à dura vida que tivera para chegar àquela condição atual, sabia que nada era garantido, nem duraria para sempre. Desenvolvera, por isso, um senso previdenciário aguçado. Sentia a importância de sempre investir parte de seu salário, de forma a garantir uma condição de conforto a ele e à sua família, no futuro. E isso lhe trazia uma grande tranquilidade, embora o trabalho continuasse sempre aumentando.

O tempo passava e Augusto e sua família viviam muito felizes, do seu jeito, viajando, divertindo-se, os filhos sendo educados nas melhores escolas da cidade. Seguiam assim e iam acumulando seu patrimônio, para assegurar a tranquilidade futura.

A duas quadras dali, Paulo e Adriana, que eram amigos de Augusto e sua família, jantavam. Enquanto conversavam, lembraram-se de um passeio que fizeram junto com Augusto.

— Nossa, e o Augusto, hein! – Disse Adriana. – Só trabalha. Nem curte a vida. Fica juntando dinheiro e trabalhando. É errado isso. A gente tem que curtir a vida. Eu hein!

— É, eu também acho – Paulo disse, ao encher novamente a taça de vinho. – Ele tem dinheiro, podia trocar o carro todo ano. E poderia andar só de carrão importado. Se fosse eu nem pensaria duas vezes.

Terminaram o jantar e foram arrumar as crianças para dormir. Estudavam em uma escola pública ali perto. A prestação do carro novo, que haviam trocado no início do ano, não deixava sobrar dinheiro para pagar uma escola particular para os filhos. Depois que as crianças foram dormir, Paulo e Adriana foram fazer as contas dos boletos do mês, descobrindo que, mais uma vez, a grana estava curta. Além da salgada prestação do carro, tinham o aluguel e o condomínio. Nunca conseguiram comprar a casa própria. Tinham um estilo de vida arrojado. "O que importa é viver bem a vida hoje. Não sei se estarei viva amanhã!", costumava dizer Adriana.

— Ei, Paulo! Acorda! – Paulo estava com o olhar no vazio – O que foi?

— Nada. Essa conversa sobre o Augusto e vendo, aqui, nossa situação, me fez lembrar daquela fábula da formiga e da cigarra, sabe?

— Nossa! Você foi longe agora. Melhor irmos dormir. Amanhã começa mais um dia.

— Tem razão, meu bem. Vamos dormir.

E assim foram descansar e se preparar para mais uma semana de lutas que começaria. Preocupados com as dívidas e com a falta de perspectiva de quando isso teria fim, devido à falta de um planejamento financeiro, sempre demoravam um pouco para pegar no sono.

Augusto, por sua vez, verificava os grandes retornos do mês em sua planilha de investimentos, contabilizando os frutos de seu planejamento, que o permitiam dormir com tranquilidade, por não depender mais do suor do trabalho para viver.

3

O mendigo e a sociedade

Caio tinha quarenta e um anos. Vivia nas ruas desde os vinte e cinco. Havia ficado órfão aos oito e viveu em um orfanato dos oito aos dezoito. Saindo de lá, tentou a vida como office boy, depois como auxiliar de serviços gerais em uma gráfica. A vida não era fácil para Caio. O salário mínimo mal dava para o aluguel de um quarto na periferia, o transporte e as contas básicas do mês. Era um constante malabarismo, para não entrar em dívidas e complicar-se ainda mais. Olhava para os demais jovens de sua idade, já na faculdade, muitas vezes bancados pelos pais, galopando no caminho do sucesso, rumo à vitória certa. Mas, para ele, a vida não havia sido generosa. Não tinha mais o suporte dos pais, não conseguia investir em um curso para se aprimorar e buscar um emprego melhor. Sentia-se como um hamster correndo em uma roda de gaiola, um burro atrás da cenoura pendurada em sua frente. Nunca alcançaria algo grande.

Certo dia, Caio foi à orla caminhar e tomar um banho de mar. Sentia-se triste, cansado pela carga de trabalho da semana. Estava voltando quando passou por um grupo de moradores de rua que estavam no gramado da orla. Bebiam, fumavam e ouviam música, sem se preocupar com a altura em que o sol estava no céu, ou com o que iriam fazer no dia seguinte. Um deles estava deitado no gramado, acariciando o pelo de seu cachorro. Outro, aproximou-se e perguntou:

— Aí, amigo, tem um cigarro?

Caio deu um cigarro ao mendigo, que agradeceu e continuou sua alegre interação com os amigos do grupo. Continuou sua caminhada de volta para casa, pensando sobre a opção de vida daquelas pessoas. Sem preocupações, compromissos ou responsabilidades. Estariam errados? Seria aquele estilo de vida uma resposta ao implacável mundo atual? Ponderou muito sobre sua vida. Estaria valendo a pena todo seu esforço? Após sete anos de duro trabalho, não conseguira comprar um imóvel, um carro sequer! Continuava pagando aluguel e se locomovendo de ônibus pela cidade. Valeria a pena aquilo? Até quando? Pensou muito sobre essas questões e não conseguiu dormir naquela noite.

No dia seguinte, Caio pediu demissão de seu trabalho e entregou a chave do quarto onde morava. Depositou seu acerto de contas no banco e decidiu viver pelas ruas. A cidade oferecia bons banheiros públicos na região da orla. Os restaurantes viviam lotados de turistas, que não negariam alguma comida ou até um trocado. À noite, havia sempre uma cobertura, uma beirada para dormir. E, se precisasse de atendimento médico, havia o SUS. Fizera amizade com alguns outros moradores de rua e, desde então, vivera uma vida leve, sem preocupações. Em um Sábado de manhã, Caio estava deitado próximo à calçada da orla, sem camisa, sentindo a agradável brisa que vinha do mar. Respirou fundo, olhou para o céu e fez sua prece matinal, agradecendo a Deus pela sua liberdade, seu bem mais precioso.

Naquele momento, um casal passeava pela orla. Eram empresários bem-sucedidos do ramo da construção civil e gostavam de caminhar por ali, tomar uma água de coco gelada, conversar sobre os negócios, as viagens e, depois, voltar para casa.

De repente passaram ao lado de Caio e a mulher comentou:

— Nossa, que sujeira daquele cara, veja! Como pode viver assim, dormindo no chão e comendo restos dos outros?

— É um preguiçoso. Falta a coragem de trabalhar. A vida oferece oportunidades a todos. Mas alguns não gostam do trabalho – Disse o marido, que, após cursar o ensino fundamental e médio na rede privada, custeado pelo abastado pai, havia passado no vestibular em uma conceituada faculdade de engenharia civil. Após os cinco anos de faculdade, abriu uma construtora e, a partir dali, estava garantido o caminho do sucesso, que trilhou com a esposa que conhecera na faculdade.

— Não sei o que vai ser desse mundo. A cidade está cada vez mais cheia de mendigos. As autoridades não fazem nada. Deviam ter algum programa para retirá-los da rua.

Continuaram seu passeio, rumo ao quiosque do coco onde, após fazer uma pausa para se hidratarem, voltariam para casa, onde preparariam um farto almoço.

Caio, feliz e grato, finalizando sua prece, viu-os passar por ele, como mais um dos muitos casais que passariam por ali naquele dia.

Posfácio

Aqui termina a jornada. Foi gratificante, durante todo esse tempo, explorar esses temas. De certa forma, cada conto foi, para mim, como um remédio, um refúgio contra as dificuldades surgidas ao longo do tempo. Agradeço a você, leitor, que chegou até aqui e me acompanhou nessa jornada. Deixo, a seguir, algumas linhas finais, em forma de um curto poema.

Remédio

Saio pela rua, sozinho
Pensando coisas, do mundo
Planejo tudo, pra mim
Tudo dá certo, pros outros.

É madrugada, cedinho
Um galo canta, bem longe
Agora é tarde, já noite
Outro vira canja, tadinho!

Um menino no farol, pedindo
Eu revoltado, seguindo
Outro fuma crack, cachimbo
Pedra do mal, iludindo.

A família na loja, gastando
Comprando o que já têm, sorrindo
Trabalharam pra isso, vão dizendo
Quem mandou não estudar, menino?

Na TV da padaria, pequenina
O jornal maus agouros, anuncia
É sempre igual, mesmice
Nada de novo, que anime.

Um cão ganha um chute, pesado
Quem mandou morder? Bem-feito!
Royal Canin nunca viu, o coitado
Com ossos sem carne, dá um jeito.

Um casal se beija, num beco
Fugiram bem cedo, dos livros
Logo chega o terceiro, no meio
E os livros se vão, para o sebo.

Começa a chover, de mansinho
Continuo caminhando, sozinho
Vendo tudo, só pensando
No lixo que fizemos, mundinho.

Um dia vai dar certo, é sério!
Vou dessa pra outra, coragem!

Parece que dói, a passagem

Mas sabe o que é? Remédio.

Otavio Oliva

Santos, Novembro de 2020.